森田繁昌 著

自信・人信・天信

信を貫いた企業家の半生

溪水社

目次

第一章　突然の逮捕……1
第二章　わしは向洋もんのせがれじゃ……29
第三章　不思議な縁……45
第四章　渡り鳥いずこへ……77
第五章　機械小僧の挑戦……115
第六章　人生七転び八起き……145
第七章　街のざわめきを聞け……187
第八章　天馬空をかける……225
第九章　自信・人信・天信……251
終　章　それぞれの戦後……325
あとがき……367

自信・人信・天信

――信を貫いた企業家の半生

第一章　突然の逮捕

一

「三隣亡」という言葉がある。忌日をあらわして、この日に家を建てると火災を起し隣家三軒にまで累を及ぼすという。

その日はまさしく重郎にとってはこの三隣亡の日だった。

まずその朝、重郎には珍しく三十分ほど寝過ごした。前日の林田商会支配人佐々木との、株式会社設立についての打ち合わせが寝過ごした原因だった。会社の方はあと株式の払い込みを待つだけだった。やれやれということで二人で酒を飲んだ。もともと酒には弱い性質だった。時間は余裕を取っているので、三十分ぐらいの寝坊で一日の日程がどうなるものでもなかったが、几帳面な重郎には気分の悪いものだった。

次に出かけようと玄関先の靴を履きかけて、よろめいたはずみに敷居に手を突いた。何だか不吉なものを感じはしたが、たいして気にも留めることも無く工場へ急いだ。

操業を始めてまもなく、徒弟の高木が、重郎の耳元に口をつけてささやいた。

「今日ここに裁判所の執達吏が来ますでえ。おとんに、親方に伝えとけ、って言われましたわ」

高木の父親は近所の交番の巡査だった。息子が世話になっているというので時々工場に顔をのぞかせては話し込んでいく。そんな仲だったから前もって教えてくれたのだろう。

「裁判所の執達吏？」

重郎には思い当たる節は何も無かったが、裁判所と聞くだけで不安の念にかられた。朝方からの不吉な予感はこれだったのかと思った。

高木に佐々木を呼びにやらせた。佐々木なら思い当たることがあるかもしれなかった。それに、このような場合どうすればよいのか、答えてくれそうだった。

しばらくして、佐々木は人力車で駆けつけてきた。その後を高木が息を切らせながら走ってついてきた。

「……こりゃ矢部の仕業やな」

重郎の話を腕組みをして聞きながら、佐々木は独り言を言った。頭の中では何かに考えをめぐらせている。矢部というのは、重郎の会社を最近やめてもらった役員だった。

「とにかく帳簿を隠さなあかん」

佐々木は低くいうと、女事務員に矢継ぎ早に指示をした。それから小一時間、佐々木の指示で主な帳簿を持ち出した。もちろん重郎も手伝った。

「どこにもっていったらよろしいか」

女事務員が、重郎と佐々木に聞く。重郎が倉庫を指すと、

「あかん、あかん、松井さんの自宅の方がええわ」

と佐々木はさえぎった。

高木がリヤカーを引きながら、工場近くにある重郎の自宅に帳簿を運んで行った。

自宅は近所の借家だった。

ほとんど入れ違いに、四、五人の執達吏が工場にやってきた。

「松井重郎はお前か?」

とその中の一番年かさの執達吏が重郎に言った。いかにも高圧的な態度だった。

「帳簿を見せてもらいたい」

そばに立っていた佐々木が落ち着き払って答えた。

「帳簿は今ここにはありません」

それを聞くと年かさの執達吏は声を張り上げた。

「何、無いだと。まさか隠したのではあるまいな」

「はい、隠しました」

眉ひとつ動かさずに佐々木が答える。なかなか度胸のある男ではある。

「帳簿は重要なものです。だから隠しました」

佐々木は帳簿を隠した理由を語り始めた。

「実は、当社には、もう辞めてもらったのですが、矢部という役員がおりまして、その矢部が辞めた後も我々の留守にやってきては、事務員に帳簿を見せろと迫るのです。時には事務員を無視して勝手に帳簿を見たりします。今は辞めた人間ですし、何か企んでいるに違いないので、矢部に見せないために隠したのです。」

「何、矢部……」

矢部の名前を出されて、明らかに年かさの執達吏には動揺が見て取れた。なにやらぶつくさ言っていたが、それ以上突っ込むことはせず、一同は帰っていった。

「このままで済めばええんやがなあ……」

執達吏達が引き上げた後、事務所でお茶を飲みながら、佐々木が言った。その顔には沈痛な表情が浮かんでいた。

二

やはり佐々木の心配は当たってしまった。

その翌日、一人の刑事が工場に入ってきた。出てきた重郎の顔に令状を突き付け、北署まで連行するという。

昨日の執達吏の動揺振りからみて、佐々木の言うとおり矢部の仕業であることは間違いない。あの一癖も二癖もある矢部のことだ。辞めさせられたことを根にもって何か警察に密告したにちがいない。しかし、重郎には何も思い当たるふしが無かった。

「僕が何の悪いことをしたんですか」

「悪いことしたさかい連行するんやないか。くわしいことは署で話したるわ」

刑事の態度は問答無用だった。そうとあれば仕方ない。何らやましいことは無いのだから、警察で無実を訴えれば今日中にも帰れるだろう。重郎はそう考えた。傍に呆然として立っている高木を自宅に走らせ、下着と袴を持ってこさせた。下着は寒さに備え、袴は重郎が役所に赴く時の正装だった。警察とはいえ礼を尽くす積もりだった。また服装で自分の潔白を証明する気持もあった。

下着と袴は女中が持って来た。一年前重郎は二度目の妻の邦子を亡くしていた。それ以来家事と子供の養育一切をこの女中に委ねていた。

「子供らは？」

「常次さんも常弥さんも美智子さんも学校へ行ってはります。敏枝さんはお昼寝です」

重郎には、一度目の妻との間に、常次、常弥、再婚した二度目の妻との間に美智子、敏枝の四人の子供があった。一度目の千津、二度目の邦子とも病死している。長男の常次は市立工業へ、次男の常弥は高等小学校、長女の美智子は尋常小学校へ通学していた。一番下の敏枝はまだ幼かった。

「おとんはちょっと用事があって出かけるけど、しばらくすると帰って来ようると言っといてや。何にも心配せんでええとな」

もう事情の分かる二人の息子を心配させないため、女中にはそう伝言した。

「お前らも心配せんでええ。ただ、佐々木さんにはこのことを知らせといてや」

相変わらず不安げな高木達にもそう言い置いた。

三

北署では、そのまま二、三日留置場に放って置かれた。

その後、岩崎という刑事の取調べが始まった。重郎はそこで始めて自分の罪状を知った。今回の株式会社設立に当たって、現在の合資会社の資金を流用したというものだった。それで、執達吏が工場に踏み込んできた時、帳簿を見せろと迫った訳だ。

「そりゃいけんことなんですか」

「いけんもいけん。商法違反や」

岩崎は令状を持って来た刑事とは別の刑事だった。その刑事と同じで権力をかさにきた示威的取り調べをした。

「なんでそんなことしよったんや」

「さあ、法律違反とも知らんで、深くも考えずにやったんでしゅやろな。えらいすんません」

商法違反となればここからなかなか出れないことは覚悟しなければなるまい。

北署には、急を聞きつけた多くの人間が面会に来た。

家族では、常次が面会に来た。

「その帽子、よう似合うやないか」

常次は今年の春市立工業へ入学したばかりだった。小倉の詰襟の学生服も帽子もまだ新品だった。面接室で鉄格子越しに見る常次は、重郎に似て小柄ではあったが少し大人びて見える。あまり家庭的とは言えない重郎だったが、自分と同じ技術者の道を進もうとしている常次には愛情を覚える。

「常弥は学校やさかい、来られへん」

「ええわ、ええわ。常弥にもおとんは元気やから何にも心配するなと言っといてや。美智子や敏枝をかわいがるんやでえ」

社長の木下も面接に来た。

「済まなんだなあ。僕が矢部みたいな男を会社に入れたばっかりに」

重郎が聞きもしないのに、木下の方から矢部の名前をあげた。木下はよく太った体を縮こめながらしきりに詫びた。

「やっぱり辞めさせられたことを恨んだのやろか」

重郎は何時も何か企んでいるような矢部の目つきを思い出した。

「たぶんそうやろ。そやけど仕方ないわなあ。仕事せえへんかったんやから」

辞めさせるについては事前に木下の了解も取り付けている。そのことについては、木下にも異議は無い。

木下が看守のほうをうかがいながら、重郎の耳元でささやいた。

「ところでな、矢部の奴、あれの義父とつるんでるな。なにしろあれの義父は弁護士やさかいにな。義父に入れ知恵されて今回の密告に及んだのは間違いないわ」

重郎は法律の面はまったくの素人である。弁護士の手にかかれば手続きの不備をつくのはたやすいことだろう。

しかし、それにしても矢部は卑劣な男である。

四

『たしかに自分に落ち度があったんや。罰を受けるのは仕方ないわ』

取調べが始まると、かえって気持が落ち着いてきた。ここで何日か拘留されてその後いくらかの罰金を払って釈放となるだろう。工場が心配ではあったが、今さらじたばたしても仕方ない。日頃自分が厳しく仕込んだ連中ばかりだ。重郎が何日か留守にしたところで、それで工場が止まるようなことはあるまい。

そうなって重郎は改めて同室の連中を見まわした。これから何日か寝起きをともにし、同じ釜の飯を食わなければならない連中だ。同室には五人の囚人がいた。

「あんさん、なにしやはりましたん」

すぐに重郎に近付いてきたのは、重郎と余り年の違わないおとなしそうな男だった。聞かれもしないのに、自分が、名倉という名前であること、何代か続いた和菓子屋の当主であったこと、保証の判を押したばかりに店を閉じ家屋敷を手離してしまったこと、その際古美術のいくつかをわざと隠したため牢につながれる身になったことを語った。

「そりゃ、あんさん、こんな身になっても手離しとうないものがありますがな。ましてやそれが先祖伝来の物でしたらなあ」

名倉はため息をつきながら重郎に嘆いた。

一人は老人でずっと寝てばかりだった。薄暗い場内の隅で、じっと寝たまま動かないので、最初は彼の寝姿に気づかなかった。老人は、食事と用便の時はがばと起きてあたりを睨みつけるように見まわした。長くたらした髯の奥の目はただならぬ光を放っていた。それ以外は、ときおり漢詩のようなものをうめきながら眠っていた。

「あの人は占い師でっせ。何やら人を惑わすような占いをしてここにぶちこまれたらしいですわ」

名倉がそう教えてくれた。

老人とは反対に、いつも牢の薄暗いランプの光で本を読んでいる蓬髪の若い男がいた。時々、立ち上がると大きな深呼吸をする。その後、蓬髪をかきむしった。無理をして本を読むせいか、男の眼は充血していた。顔や腕にはあざや傷がたくさんあった。

「阪大の学生さんらしいでっせ。何をしてこんなところに入ってきはったんやろ。私にはあの方の話は難しゅうてとても理解できしまへん」

牢内を支配しているのは、中年から老年に入りかけた年齢の侠客だった。この侠客にまだ十代ぐらいのチンピラがいつもくっついていた。

「あの二人、ここで知り合うた仲らしいでっせ。どちらもミナミで恐喝か強盗かをやらかしてあげられたらしいです。私は恐おうて二人にはよう近付きません」

重郎が入った最初の日、侠客は一日中、じっと重郎の動きを見ていた。明らかに重郎を値踏みしていた。しかし、翌日からはまったく無関心となった。おそらく重郎が堅気の人種、少なくとも自分の支配を脅かす人間ではないと判断したようだった。

五

この侠客と学生が犬猿の仲だった。侠客がチンピラをそそのかしては、学生に喧嘩を仕掛けていた。重郎が居た間にも喧嘩がはじまった。

チンピラがいきなり横になっている学生の腹を蹴り上げる。

「くそ学生め。これでも食らえ」

「何、この資本主義の屑め。寄生虫め」

学生がチンピラに飛び掛っていく。狭い牢の中で、二人はくんずほぐれつ取っ組み合った。侠客もチンピラに加勢して学生を殴る。

「やめんか。今度やったら二人とも独房送りやぞ、ええか」

看守が止めに入った。二人を相手にして、学生の顔は血だらけだった。

「お前もや。今度けしかけたらお前も一緒に独房や」

事情を良く知っている看守は侠客も叱った。

「この喧嘩は、必ず何日かおきにありまっせ」

名倉が重郎の耳元でささやいた。どうやら学生の傷はこの定期的な『出入り』のせいのようだった。

重郎が入牢して、一週間ばかり経った頃だった。いつも寝ている老人がばっと立ち上がって、いきなり重郎の手首をつかんで重郎の顔を覗き込んだ。

「う〜ん」

老人はうめき声を上げた。

「あんさんは、四十歳前後で、突飛も無い仕事をして大成功なさるぞ」

老人は何度もうめき声を上げる。そのうち、重郎の手首を握る手に力がこもってくる。

重郎はだんだんと気味悪くなって、老人の手を振り解いた。

六

岩崎の厳しい取調べは続いた。しかし、重郎そのものは容疑を認めている訳だし、罪も受けるつもりだった。したがって商法違反をしているとはいえ、重郎にやましいところはなかった。

「知っててやったんやろが」

「違いますがな。何にも知らんかったんです」

「それならなんで帳簿を隠した。本当のことを言え」

「何べんも言うとりますがな。矢部さんに帳簿を見られたら困るからですがな」

「嘘を言え」

「嘘やありまへん。まあ、あとはあんさんがどうとりはるか次第です」

「刑事に向かってあんさんとは何たる口の聞き方だ。証拠隠滅を図ったことは間違いない。業務上横領をやったと絶対に吐かしたるわい」

「どないとしなはれ」

こんな問答の繰り返しだった。

ところが、その岩崎の態度が急変した。うって変わったやさしい態度だった。にこにこ笑いながら、重郎の目の前に一枚の書類を置いた。

「この書類に捺印しなさい。捺印すれば釈放するから」

重郎が目をやると事業譲渡契約書だった。

「事業譲渡?」

重郎は何のことかわからなかった。

「何ですねん、これ」

「会社を売るんだよ」

岩崎はあくまで物柔らかな物言いだった。

「ほんでも、僕、会社売るなんて考えてませんがな」

「そやけど、あんたもこんなとこへ入った以上無事に娑婆へ出られへん。会社にももうおれんやろ」

そのうち、岩崎は少しいらついたように言った。

「何でもええさかい、署名すればええんや」

重郎は体が熱くなった。矢部に対して怒りがこみ上げてくる。法律的な隙を突いて重郎を入獄させたばかりか、工場まで乗っ取ろうとする。矢部という男はどこまで悪辣なのだ。

ところが書類をよく見ると、相手先は矢部ではなく佐藤金物店の店主の佐藤大助だった。

重郎の工場の作る松井式ポンプはよく売れている。それでこれまでの合資会社から株式会社にすることになった。必ず儲かるとふんでこれまでの松井式ポンプの代理店が次々に株式会社の株主になりたいと言ってきた。佐藤金物店もそういった代理店の一つだった。その佐藤までぐるになっていたとは。

「こんなもん、捺印なんかできしまへん」

重郎はきっぱりと拒絶した。

「そんなら振り出しや。たっぷり時間をかけて取調べさせてもらおう。業務上横領かこの書類に判こつくか、どっちかや」

岩崎はまた元の態度に戻った。

七

取調べの思わぬ展開で、まだまだ出獄は出来そうになかった。

「佐藤さんがねえ。そりゃひどい話や」

面会に来た林田商会の佐々木へ佐藤の件を話すとびっくりしていた。

「そういえば佐藤さんは刑事に知り合いがおるって言うてましたなあ。それがその岩崎という刑事やろか。道理で、佐藤さん、工場に来ては帳簿を熱心に見ておりましたわ。僕が何で帳簿見ますねん言うたら、社長の諒解をとってるから、なんて弁解してはったがな」

佐々木は鉄格子の向こうでさかんに考えをめぐらせているようだった。

「帳簿を見て松井ポンプが儲かっているのを知ったんやわ。そうやそうやわ。ほいで乗っ取ってやれと、思いついたんやわ」

佐々木は合点がいったようだった。

「松井さん、そんなものに判こ押したら絶対にあきませんで」

佐々木は重郎に念を押した。

「ところで、最近、社長は来はりますか」

帰り際に佐々木は聞いた。そう言えば木下は最近面会に来ていない。

「僕が監獄やしな。仕事が忙しんやろ」

「そう、忙しいお人や。いろいろとね」

佐々木は、奥歯にものの挟まった言い方をして笑った。

「たまには面会に来るように言うときますわ」

八

佐々木に促されたのか、社長の木下が久し振りに面会にやってきた。

「あの、佐藤さんがな。人は見かけによらんもんや」

木下も佐々木と同じことを言った。しかし、どことなく上滑りだった。

「工場の方はどないなっとりますか」

自分が留守の間工場がどのようになっているか、それが一番心配だった。矢部だけでなく、佐藤までも重郎を落とし穴に突き落とそうとする。これからもどんな悪巧みをめぐらす人間が現れないとも限らない。

『こんなことならおちおち牢にも入ってられへん』

重郎は暗然たる思いだった。

「それは皆が頑張ってるがな。あんさんがここを出るぐらいまではなんとかなるわな。この間も工場の有志があんさんの刑を軽うしてもらえるよう嘆願書を集めてたわ。みんな今回の件には憤慨してるからなあ」

どうやら入牢は長期戦になりそうだった。重郎は腹をくくった。

息子の常次も面会にやってきた。

「おとんはまだしばらくここにおることになりそうや。でもおとん、何も悪いことしとらへん。ちっとも心配することないでぇ」

そう言う重郎の髪や髯は伸び放題に伸び、もう立派な罪人の風貌だった。

九

牢内では、侠客とチンピラが相次いで出牢していった。二人がいなくなって、因縁をつけられることの無くなった学生は夢中になって本を読んでいる。時々立ち上がり、深呼吸をしては蓬髪をかきむしる、いつもの動作を繰り返していた。老人の方も時折なにやら呻きながらいつも眠っている。名倉は相変わらず話しかけてくるが、『出入り』のなくなった牢内は一度に静かになった。

重郎と刑事の対立はその後も続いた。岩崎は執拗に書類への捺印を迫った。しかし、どう考えても捺印の理由が無いので重郎は応じなかった。重郎が頑として撥ね付けるので、刑事は判を押さなかったらここから出さないと何度も脅迫した。重郎は刑事の脅迫には屈しなかった。

牢内が静かになると、重郎はいろいろなことが頭に浮かんでくる。特に夜になるとそうだった。

自分が心血を注いだ工場のこと、出獄した後の身の振り方、仕事一途で余り顧みることの無かった家族のこと、母のことなどなど。

とりわけ重郎の出世を生きがいにして故郷で暮らしている母が、牢獄につながれている今の自分の姿を見たらどんなに嘆くことだろう。

牢獄は夜になるとことのほか冷えた。ぼろぎれのような薄い布団では寒くて何度も目が覚めた。高い窓に月が懸かっている。

ゆっくりと動いていく月を見ながら、まんじりと出来ない夜が続いた。

十

しばらくして、重郎は北署の留置場から刑務所に送られた。これで岩崎の手からは離れることになった。重郎は否認を貫いたことになる。

刑務所では、大竹という検事の本格的な取調べが始まった。威嚇的な態度や言辞の全然無い温厚な検事だった。

ここでも重郎は自分の罪を素直に認めた。罪に対する罰は当然受ける覚悟だった。しかし、自分に何の悪意も無かったことは繰り返した。

話が岩崎が捺印を迫った書類の件に及んだ時、大竹の顔色がにわかに変わった。重郎の話をさえぎるように首を振った。唇に指を当て黙るように合図をした。

「今予審中やからな。そんなもんに捺印したら後面倒なことになるからな。絶対に判なんか押したらあかんよ」

傍らの書記の方を目配せしながら小声で言った。

「くれぐれもめったなこと言うもんやないよ」

それからまもなく重郎は釈放された。入獄から四十九日が経っていた。

出迎えには佐々木が来てくれていた。佐々木に取調べでの大竹の狼狽振りを話した。

「そりゃ、そんな事を裁判で話されてみなはれ。上へ下への大騒動になるわ。こりゃ、奴さん達、早いことカタをつけようという魂胆やわ」

佐々木は、にやりと笑った。

「これは無罪の可能性濃厚やな」

門の外を出ると、木々の梢を鳴らしながら木枯らしが吹いている。娑婆はもうすっかり冬だった。

「松井さん、寒いやろ。みんなが工場で待ってるさかい、行きましょ、行きましょ」

佐々木が重郎の肩を抱くようにして人力車に乗せた。

十一

我が家に戻ると、久し振りに風呂に入った。その後、近くの散髪屋で延び放題に延びた髯と髪を切ってもらった。その足で工場に向かった。監獄にいても一時として忘れたことの無かった自分の分身といってもいいほどのいとしい工場である。

工場の事務所では、木下達が待っていて、一席設けてくれていた。

「みなさん、この度はご迷惑をおかけしました」

一同に重郎は頭を下げた。

「良かった、良かった」

「無事戻ったんやからな」

「何にも無いけどな。とりあえずこの席でゆっくりしなはれや」

木下をはじめ一同は口々に重郎をねぎらった。

事務所でささやかな宴をした。みんな作業服のままだった。しばらくして高木が一通の封書を持って来た。

「これが今来ましたわ」

見れば裁判所からで、中は予審免訴の通告だった。これで不起訴が確定した。重郎が認めていた資本金横流しの件もお咎めなしとなった。

「ほらみい、僕の言ったとおりになったやんか」

佐々木が叫び声をあげた。

「そや、当たり前や。始めから何も悪いことしてへんのやから」

皆がいっせいに手を叩く。そのうち誰彼となく万歳をし始めた。

一同の祝福を受けながら重郎は涙が流れて止まらなかった。泣きながら重郎は自分に言い聞かせていた。

『ありがたいことや。皆が心から喜んでくれる。油の匂い、機械の回転音、そして一緒に働く職工達。ほんまここそがわしの居場所や』

第二章　わしは向洋もんのせがれじゃ

一

重郎が自分に工場こそ自分の居場所だと言い聞かせたのには理由がある。これまでの重郎の半生はすべて工場の中にあったのだ。

重郎は、明治八年、広島県安芸郡の向洋で生まれた。向洋は、広島市から東南四キロ、広島湾に面した半農半漁の村だった。半農半漁といっても、背後を低い山に囲まれ、耕地は少なく、生計のほとんどを漁業に頼っていた。貧しい向洋は瀬戸内海の近海には漁業権を持っていなかった。漁民達は、遠く玄界灘の荒波を越えて、壱岐・対馬でイカ釣り業に従事していた。イカは近海の魚より高値で売れた。それで、危険も顧みず日本海に繰り出した。遠海漁業に従事している人間が多いため、向洋には『向洋もん』と呼ばれる荒っぽい気風の者が多かった。

『わしらは向洋の漁師よ。度胸一つで荒波に乗り出す命知らずよ』

向洋の男たちは、よくそう嘯いていた。

重郎は、父松井和助とゆきの十番目の子として生まれた。子供が十人といっても、重郎が生まれた時には四人の兄や姉は死んでいた。いずれも死因は当地を間歇的に襲った流行病だった。父はやはり漁民であったが、その父も、重郎が三歳の時、漁の最中、乗っていた船が遭難して死んでしまった。

一家は貧しかった。生計は、イカ釣り業に従事している長兄の松郎の収入だけが頼りだった。松郎は、結婚して対馬に一家を構えていた。定期的にいくばくかの金を送ってきた。その金で、一家はその日その日の生活をつないだ。次の送金の前になると、一家の米櫃には明日食べる米のない日もあった。

結婚した姉達を除いて、分別のついた兄達は次々に対馬に渡り、松郎のイカ釣り業を手伝った。

二

困苦の生活の中にあったので、重郎は正規の学校教育を受けることが出来なかった。

明治五年に学制が設けられ、向洋にもお寺の土蔵を改造した寺小屋式の小学校ができていた。そこでは、住職が読本と習字と算盤を教えていた。

重郎は、皆と同じように、その学校に通ったが、数日でやめてしまった。別に理由はなかったが、近所の友達と遊ぶ方が楽しかった。同じように学校をやめた友達と、近所の水路で蚊帳の古切れで作った網でめだかをすくったりして遊んだ。時には、池で、二尺もあるなまずを釣り上げて得意になったこともある。

「僕は、勉強じゃなしに手に職をつけて偉くなるんじゃ」

学校を行かない事をとがめられると、そんな負け惜しみを言ったりしていた。

しかし、最低の読み書きは必要である。

たまたま、同じ長屋に久保という人が住んでいた。この人は、旧幕時代、浅野藩の重職にあった人だった。明治の世になり、落魄して長屋住まいをしていても、近所では学のある人で通っていた。

この久保さんに耕作という息子がいた。この人は、広島市の小学校で先生をしていた。母が頼み込んで、この人のもとに読み書きを習いに行くことになった。

耕作の弟は次郎といって重郎の遊び仲間だった。この次郎はちゃんと小学校に通っている。次郎を広島市の学校に進ませるため、兄の耕作が特訓をすることになった。そのついでに重郎も一緒に習うことになった。

しかし、これも長続きしなかった。次郎の方が勉強がよく出来たからである。まもなく久保さんのもとへは行かなくなった。そして一日中真っ黒になりながら、入江で泳いだり、仲間と山へ登っては戦争ごっこをして遊んだ。

後年、重郎は技術者として独り立ちしようとした時、自分の無学に泣かされることになる。しかし、この頃は呑気なものだった。

三

この頃、重郎が興味を示したのが鍛冶屋の仕事だった。

重郎は暇さえあれば、近所の鍛冶屋の店先に座り込んで作業を一心に見ていた。鍛冶屋では簡単な船舶機械などを修理していた。機械を分解して一つ一つの部品を台に並べる。損傷した部品をふいごに入れ、真っ赤に焼く。それをハンマーで叩いてもともとの部品に復元する。時には修理は二、三日かかることがあった。重郎は毎日のように通って、作業を食い入るように見ていた。ことに、機械が部品に分解され、またばらばらの部品が機械に組み立てられていく過程が面白かった。その作業を眺めていると、まるで手品を見ているようだった。

その鍛冶屋に近所の遊び仲間の利三が徒弟として働くことになった。前からの徒弟はやめていた。利三の家は、漁船を作っている作業場だった。先では作業場を継がなければならないが、その前に他人の店で修業をさせようという親心だった。

利三は、遊び仲間ではのろまな方だった。鍛冶屋でも仕事が上手くできず、親方に怒られてばかりいる。利三の顔は、ふいごの火で真っ赤だった。親方に怒られては泣きべそをかきながらそれでも懸命に働いている。

重郎は、利三の泣き顔を見て、仕事の厳しさを感じると同時に自分も働きたいと思った。

『働くなら鍛冶屋の仕事が良いな』

まだ幼い重郎だったが、一人でそう決めていた。

四

松郎からの仕送りで足りない部分は、母の賃仕事で一家の生計を補うしかなかった。母は夜遅くまで絣を織っていた。織機のばたんばたん響く音が、一日中響いている。その音が重郎の子守唄代わりだった。

母は機織りの名人だった。染めた木綿糸を組み合わせて、絣の着物を織り上げていく。母の仕上げは正確だった。

昼日中、雨が降って外に遊びに出ない日など、重郎は織機の傍に座って母の作業を見ていた。重郎は、母の織り出す絣よりは、目の前で規則的に動く織機に興味を持った。その動きを単調とは思わなかった。息をしている人間の動作のようにみえて、面白くて仕方なかった。

この織機はよく故障した。母は広島市の問屋に修理を頼んだ。仕事が中断して母が近所に用向きで出掛けた留守に、重郎はふと思いついて織機の分解をし始めた。あの鍛冶屋で見たように分解した部品を畳の上に並べていく。時間の経つのも忘れて分解作業に夢中になった。途中、滑車の楔が割れているのが見付かった。これが故障の原因だった。原因が見つかってうれしかった。しかし、楔の修理も出来ないし、取り替える楔もない。仕方なくまた織機を組み立て直した。しかし、これは幼い重郎にはとても無理な力仕事だった。重郎は半分泣きながら、汗だくで組み立てようとした。しかし上手くいかなかった。

「重郎、何をしよるんね」

母が帰ってきた。母は、部屋に散乱した部品の中で、泣きべそをかいた重郎をびっくりしたように見ている。

重郎は母に抱きついて泣いた。

「そのままにしておきんさい。明日にでも修理に来てくれてじゃろうから」

母は重郎の涙で汚れた顔を拭いてやりながら慰めた。

五

対馬の長兄の松郎が腸チフスで亡くなった。イカ釣りの名手だった長兄が亡くなると対馬では仕事が少なくなっていった。他の兄達ではイカ釣り船の経営はうまくいかなかったのだ。

ある日、兄達の一人、竹助がふらりと対馬から向洋に帰ってきた。

聞けばハワイに行って一旗あげたいという。この向洋は対岸の仁保とともに移民の多い村だった。いずれの村も生活は貧しかった。その貧しさを村人達は海外への移住で打開しようとした。そんな移民の中には、成功して、村で御殿のような屋敷を建てる者もあらわれていた。

困った母は、竹助を近所の役場に勤める者に相談させた。

「そんならハワイじゃなしに北海道へ渡ったらどうかいの。北海道なら同じ日本じゃけんのう」

その人は、母の気持を汲んでそんなことを助言してくれた。その頃、新開地の北海道は本州の貧しい農家の若者に人気のある移住先だった。移民の募集は年中行なわれていた。

しかし、竹助は聞かなかった。ハワイに移住した遠い親戚に手紙を書いたりしていた。

『死んでしまおうか、松前へいこうか』

陽気な竹助はそのころはやった唄をいつも口ずさんでいた。

『死んでしまおうか、松前へ行くなら』

竹助の唄の歌詞がそんな風に変わった頃、竹助はとうとう遠い親戚を頼ってハワイに渡ってしまった。

母は悲しんだ。当時ハワイといえば海の果ての土人の住む孤島だった。

しかし、重郎は内心この兄が誇らしかった。すごいと思った。竹助は二十歳をちょっと出たばかりである。当時この若さで単身ハワイへ移住するなんて、なまじっかな覚悟ではない。さすが、度胸一つで荒波に乗り出す向洋の漁師である。自分も向洋の男であるなら、これから先竹助に負けないような度胸のあることがしたかった。

ただ、竹助に去られて毎晩泣いている母を見ていると、それを口に出すことは出来なかった。

六

対馬からの送金は途絶えがちになった。生活は日に日に苦しくなっていく。母は深夜まで機織や縫物の賃仕事で身を粉にして働いた。母は決して愚痴を言ったり、弱音を吐いたりしない。しかし、幼い重郎の目にも家計の苦しさがひしひしと感じられた。

『早く働いてかあやんを楽にさせにゃあ』

重郎はそんなことを思い巡らすようになった。重郎は十三歳になっていた。

明日食べるものにも事欠く生活であったが、家の中は決して暗くはなかった。

家には、母の腕と人柄を慕って、機織を習う若い娘がいつもやってきていた。それらの娘を目当てに村の若衆達も集まってきた。母はそれらの娘や若衆達に得意料理の煮しめをふるまった。狭い家にはいつも若者の笑い声が絶えなかった。

それらの中に、静さんという娘がいた。静さんは、重郎が読み書きを習った久保さんの妹で、遊び仲間の次郎の姉だった。大阪の商家へお座敷奉公に行って最近帰ったばかりだった。

この静さんが、「重ちゃん、重ちゃん」と言って重郎に優しかった。

「重ちゃんは稚児さんみたい。可愛いわあ」

静さんは、重郎を連れて大原神社の祭りに行って綿菓子を買ってくれたりした。

そのうち、この静さんと重郎の仲の良さが近所中の噂になった。

「重郎より静の方がぞっこんらしい」

「年下の重郎に色目を使ったりして静もすみにおけん」

「二人が大原神社の裏手でひそひそ話をしていたげな」

「松井の家は不良若者の溜まり場になっとるけんのう」

その静さんが重郎に大阪の話をよく聞かせた。

「大阪はなあ、人も車も多いんよう」

「広島みたいにか」

「広島なんか比べ物にならんわいね。建物も高いしね」

挙句の果てに、静さんは重郎をたきつけた。

「こんな田舎じゃ大きな仕事は出来ん。私が男だったらこんな田舎にゃ帰ってこんかったよ」

「重ちゃんも大きゅうなったらあんな都会で一旗あげにゃ」

まもなく、静さんは呉の商家に嫁に行った。結局周囲の噂は何の根拠も無かった。

真相は静さんが重郎を弟のように思っただけだった。だからその噂もいつの間にか消えてしまった。

静さんはいなくなったが、重郎には大阪への憧れがだんだんと大きくなっていった。

「大阪で働きたい」と重郎は母に打ち明けた。大阪云々の話はともかく、重郎が働かなくてはならないことは、家計からいってもわかりきっていた。それならできるだけ重郎の希望をかなえてやりたかった。

『この子には漁師は出来ないだろうから』

松井の家の男達は、対馬に働きに行くのが人生の通過儀礼だった。つい最近、すぐ上の兄梅助も対馬に渡って行った。次は重郎の番だったが、母は小柄な重郎に重労働である漁師仕事はとても無理だと思っていた。

母は大阪に嫁いだ重郎の姉のマサに相談した。ほどなく、重郎の就職先の話があった。大阪の藤井という鍛冶屋だった。

「重ちゃんも鍛冶屋で働きたいらしいから」

話を持ってきたマサはそんなことを言った。重郎の鍛冶屋好きは大阪の姉まで聞き知っていたのである。

七

憧れの大阪、憧れの鍛冶屋!! 重郎は躍り上がって喜んだ。一も二もなく就職することにした。

戸長の沢村さんが役場の用向きで大阪に出かけるというので、母は重郎を沢村さんに託した。この上阪には連れがあった。鍛冶屋で働いていた利三である。利三は大阪へ造船見習いに行くという。鍛冶屋の方はとっくにやめていた。

その頃はまだ山陽鉄道は通じていなかったので宇品まで漁船で行くことになった。母をはじめ次郎達遊び仲間や近所の人が浜まで見送ってくれた。

「正直でありなさい。人を騙してはいけない。真っ直ぐに胸を張って生きていきなさい」

母は、重郎にそう言い聞かせた。宇品で小さな汽船に乗り換えた。沢村さんは二等室、重郎と利三は船底の三等室だった。

『わしは、向洋もんのせがれじゃ。絶対に泣いたりせんど』

重郎は小さいころから聞いている向洋の男達の口癖を何度もつぶやいた。

しかし、重郎の隣に寝ている利三はそうではなかった。

「かあやんのところに帰る、かあやんのところに帰る」

利三は一晩中泣いていた。重郎は年上の利三が泣くのがおかしかった。男らしくないと思った。

しかし、利三の気持が分からないでもない。

「これ食えや」

重郎は母の作ってくれたあられを利三に差し出した。

波の静かな瀬戸内海であったが、船底はよく揺れた。毛布にくるまりながら、興奮した重郎はなかなか寝付けなかった。

第三章　不思議な縁

一

三日後の朝に、大阪の川口に着いた。安治川の河口、川口は居留地で、外国人や洋館が多かった。早朝にもかかわらず、中国人やインド人が船に荷を積み上げたりして立ち働いている。向洋では外国人を見ることはない。立ち並ぶ洋館といい、外国人といい、静さんに何度も聞かされた大都会大阪を見るような気がした。

船から上がると、沢村さんに連れられて、まず利三の働く川口の造船所に連れていかれた。関西鉄工所という見たこともない大きな工場だった。守衛に身元引受人の向洋出身の原さんを呼び出してもらった。

原さんが現れると、また利三が泣き出した。船で泣き通しだった利三の顔は涙の跡がこびりついていた。

「かあやんのところに帰る。かあやんのところに帰る」

工場のあまりの大きさとこれから自分を待ちかまえているに違いない境遇に怯えたのだ。沢村さんと原さんが利三をなだめている。そのうち、業を煮やした原さんが泣きじゃくる利三を引きずるようにして工場へ連れて入った。

次に阿波座の藤井という鍛冶屋に連れて行かれた。利三で時間を食った沢村さんは、用事に間に合わないからと言って、重郎を親方の藤井に引き渡すとそそくさと立ち去った。

藤井は向洋にあった鍛冶屋と変わらないちっぽけな鍛冶屋だった。がっかりしたがいまさら向洋に帰るわけにはいかない。利三のように泣くまいと決めていたから泣くわけにもいかなかった。

二

藤井はポンプの金具を作っていた。

翌朝からさっそく仕事だった。重郎は、朝六時に起きて、作業場を掃除したり、ふいごに火入れをしたりした。最初は親方の仕事を見ているだけで仕事は教えてもらえなかった。仕事の暇な時には、子守や家の使い走りをやらされた。親方の女房はほとんどしゃべらない女で、重郎の肩を叩いて手振りで用事を言い付けた。夜十時になると仕事が終わる。終わると銭湯に走って行った。走らないと湯を抜かれてしまうのだ。風呂は三日に一回だった。顔や腕がすすで真っ黒になった。風呂に入れない日は、朝の洗面の時、手拭ですすを拭いた。

食事は朝はおかゆだった。昼は野菜を煮たおかずだけだった。夜は漬物をのせた茶漬けだった。月に二回、ご馳走としてうどんを食べさせて貰えた。食べ盛りの重郎はお腹が空いてたまらない。背に負った親方の赤ん坊がくわえている食べ物が欲しくてたまらない。しかし、母の『胸を張って生きなさい』という言葉を思い出して我慢した。何度も母の作ってくれた煮しめの夢を見た。

半年ほど経つと仕事をさせてもらえるようになった。重郎は懸命に仕事を覚えた。同時に給金を、月に二回、二銭か三銭を貰えるようになった。

親方は四十歳代の痩せて無口な人だった。酒好きで仕事が終わると一人で焼酎を長い時間をかけてちびちびと飲んでいた。おとなしい人で滅多に声を荒げることもなかった。重郎が上手く出来ない時は出来るまで丁寧に手を取って教えてくれた。この親方のおかげで、重郎は何とか辛抱することができた。

三

ある夜のことだった。戸をしきりに叩く音がする。その音は、最初は遠慮がちであったが、家の者がなかなか出ないとだんだんと激しくなる。親方達は出ない。重郎は二階から下りて戸を開けた。そこには夜露にぬれた利三が立っていた。

「僕はもう辛抱できん」

重郎を見ると利三は泣きじゃくりながら訴えた。

重郎は利三を連れて、近くの木津川に架かる小さな橋の上に連れて行った。

聞けば、仕事もきついし、職場の先輩や同僚にいろいろな意地悪をされているという。しかし、さらに詳しく聞いてみると、先輩や同僚にさほど意地悪されているわけではない。利三がのろまで仕事ができないから叱られているというように思えた。それに利三の給金は重郎より高かった。日曜日が休みなのも驚きだった。大きな工場だけのことはある。小さな鍛冶屋に奉公している重郎よりよほど恵まれていた。

「もう少し辛抱したらどうやねん」

重郎がなだめても、利三は泣いてばかりいる。

「かあやんのところに帰る。かあやんのところに帰る」

どうやら、向洋恋しさが本当の理由のようだった。

その夜は、重郎と利三は互いに抱き合って橋にうずくまって夜を過ごした。

朝が明けて、重郎は親方に理由を言って前借をお願いした。しかし、親方は金を貸してくれなかった。

「修業に辛抱できん者に貸す金なんかあらへん」

午前中だけ暇を貰って、利三を川口に送って行った。川口で船の切符を買おうとすると重郎と利三の持ち金を合わせても足りない。どうしようと思案する重郎の前に利三が懐から一円札を出した。

「重ちゃんが支度している間に親方が僕にくれはったんや」

利三へ渡したということは、重郎への前貸ではない。親方の気持が伝わる一円だった。

利三は嬉々として宇品行の船に乗った。向洋へ帰れるのがうれしくてならないのだ。現金なものだった。

『わしは利三みたいなことせえへんで。かあやんが悲しむからな』

降り出した雨の中を出港する船を見送りながら、重郎は自分に言い聞かせた。

四

重郎は十七歳になった。藤井で働き出して四年が経った。仕事はほとんど覚え、給金も三、四十銭も貰えるようになった。この頃では、親方も何かと重郎を頼りにするようになっていた。

しかし、その頃から重郎の中に満たされないものが生まれ始めた。徒弟といっても重郎一人の鍛冶屋である。こんなところにいたのでは、親方には悪いがうだつがあがらない。もっと腕も上げたいし他の鍛冶屋でも働いてみたかった。

しかし、親方が自分の片腕に育てた重郎をやめさせてくれるとは思えない。また、右も左もわからない重郎を仕込んでくれた親方には恩がある。やめさせてくれとは言えなかった。それで夜逃げをすることにした。夜逃げをするなら神戸がよかろうと思った。神戸は新開地で繁栄している。また神戸なら親方に見つかることもないだろう。

そう決心すると、ある夜、こっそりと藤井を抜け出し、川口から神戸行の船に乗った。

神戸では、ある通りに、機械鍛冶の看板を掲げている店があった。檜原といい、徒弟も何人かいた。ここなら藤井よりまだましのようだった。思い切ってあたってみるとうまい具合に雇ってもらえることになった。

しかし、この檜原にも長くはいなかった。

この頃の重郎は、『鍛冶ではなく機械の方に進みたい』、と思っていた。檜原で働く気になったのも、機械鍛冶の看板の機械の字に気持が動いたからだった。しかし、檜原には中古の旋盤しかなく、それも使われないまま放置されていた。多くの機械を知りたいし、動かしてみたい。

重郎がいつもそんなことを言っているので、同僚の一人が呉海軍工廠で働くことをすすめてくれた。

「そこには機械がぎょうさんある。機械の勉強をするにはもってこいやで。それにお前は広島出身やし」

殖産興業のため明治政府によって多くの官営工場が設立された。しかし、官営工場のほとんどは赤字だった。松方財政改革の折り、財政負担を軽減するため多くの官営工場が民間に払い下げられた。ただし、工廠だけは官営のまま残された。工廠が軍事工場であるのがその理由だった。したがって工廠はその当時唯一の官営工場だった。

二、三日考えたが重郎は行ってみることにした。それで檜原をやめた。今度は檜原の親方にも悪いとは思わなかった。

五

大阪へ出て五年ぶりの向洋だった。相変わらずの漁村で、都会の文明開化もこんな辺鄙な地には及んでいない。

母は向洋にはいなかった。偶然母も呉に行っていた。久保さんの娘の静さんが嫁いだ呉の山崎という商家に手伝いにいっていた。

今回は里帰りしたわけではない。呉工廠に就職する前に家に寄っただけだった。これから自分も呉にいく、それならそこに母がいるから丁度良いとばかり、荷物も解かずにそのまま呉にいくことにした。

静さんの嫁いだ山崎は、酒や醤油を営んでいる商家だった。母はそこで子供が生まれたばかりの静さんの身の回りの世話をしていた。久し振りに会う静さんは少し太って、商家のおかみさんらしい貫禄がついていた。久し振りに会う重郎を賑やかに迎えてくれた。その昔、重郎との仲が近所中の噂になったことなどきれいに忘れていた。今はおかみさん業に追い回されているようだった。

母の方は少し歳を取ったように見えたが、相変わらず凛としていた。

「そんならここの旦那さんに頼んでみよう」

重郎が呉に来た理由を聞くと、工廠に酒保を開いている店の主人の山崎に口利きを頼んだ。それだけで入所はできたのであるが、一応試験を受けることになった。

工廠は、造船部と造機部に分かれていた。今回の募集は造船部の方だった。造機部の方が良いと思ったが余り深く考えずに試験を受けた。入所試験の成績が良かったとみえ日給三十八銭貰えた。藤井や檜原に比べると夢のような高給だった。

「お前がだんだん偉くなってくれて母さんはうれしいよ」

母はとても喜んでくれた。そんな母の顔を見るとそれだけで広島に帰ってきたかいがあると思った。

山崎の親戚で、軍人の未亡人の家で下宿することにした。生まれて初めて経験する下宿生活だった。

休みの日には盛り場を歩いた。そこで盆栽を見つけて買って帰った。高いものは買えないので、安い盆栽を買った。下宿に持って帰り、窓の縁側において、朝晩水をやったり、剪定をしたりした。

お茶屋で遊ぶことを覚えたのもこの頃だった。小柄ではあるが、色白で涼しい目をした重郎の美少年ぶりはお茶屋の女達の評判になった。重郎はこの時はじめて自分が女達から好意をもたれる男であることを知った。といっても重郎は酒を飲めなかったので、お茶屋遊びにのぼせることはなかった。

母にもお金を渡した。何回かすき焼きやにも連れて行った。

「そんな贅沢なところで無くてもいいよ」

母はしきりに遠慮した。

「お前にご馳走してもらえるなんて、私、有難くて喉に通らないよ」

母は、肉を口に運びながら、涙をこぼした。

六

重郎が期待したように、工廠には多くの機械が設置されていた。

旋盤もあった。車輪を回転させ、その回転をベルトで旋盤に伝動する。旋盤の先端に固定させた刃物が唸りを上げて鉄を削った。重郎はたちまち、『鉄をも削ってしまう機械』に魅せられた。

『これやこれ、これからはこうでないとあかん』

それまでぼんやりしていた機械への憧憬がはっきりしたものになった。人生の目的が見えてきた。これからは機械の勉強に自分の情熱を傾けようと思った。

しかし、ここでは重郎は船の装飾品をやすりで作る仕事をやらされた。そのため肝心の機械の勉強にならなかった。機械の方に廻してもらえるよう頼んでみたが、そちらは今配置が一杯らしかった。安易に造船部を受験したことを後悔した。この頃の重郎は、寝ても覚めても『機械を動かしてみたい』、とそればかりを思った。

その頃、重郎は工廠に技術指導に来ていた広島高等工業の田口教授とも知り合いになった。重郎は積極的に田口に教えを乞うた。重郎の熱心さに教授も親切丁寧に教えてくれた。しまいには、教授の呉滞在の際の下宿にまで押しかけて、教えてもらう仲になった。教授から聞かされる機械の話を重郎は夢中で聞いた。乾いた土地に雨が浸み込むように、教授の話は重郎の中にとどまることを知らず入り込んだ。

「松井君、手帳に書き留める習慣を身につけたら良いよ。ほら、僕と松井君がこうして話すだろう。それをこう手帳に書き付けて、後で読み返すんだ。話は耳から抜けていく。しかし、書いたり読んだりしたものは頭に残る」

それから、重郎は手帳に田口教授との話を書くようにした。工場内の機械の名前や特徴なども丹念に書き込んでいった。

重郎はだんだんとあせり始めた。田口教授から機械の話を聞き、機械もすぐ側にあるのに触ることもできない。もどかしくて仕方なかった。

明治二十七年六月、東学党の乱をきっかけに、朝鮮半島で日本と清国の間に戦争が始まった。日清戦争である。神戸の造船所や大阪の砲兵工廠が活気付いているという噂が耳に入ってきた。重郎はいてもたってもいられなかった。大阪や神戸でなら自分の希望はかなえられるかも知れない。このまま呉あたりでくすぶっている場合ではなかった。

そこで、重郎は呉工廠をやめることにした。

「そのうち、お前の希望の部署にまわしてもらえるよ。せっかく呉工廠に入ったのにやめるのはもったいないよ」

母はしきりにとめた。母の制止も無理もなかった。

母の気持を考えると、身を切られるように辛かった。しかし、一刻でも早く、自分の目的を遂げられそうな場所に移動したかった。

「きっと一人前の職工になってみせますから」

重郎は母にわびて呉を去った。

七

重郎は船路で川口に着いた。二回目の大阪だった。そのまま船を乗り換え神戸に向った。

神戸には最初の時と同じように当ては無かった。神戸の町をうろうろとした。呉からは二円しか持ってこなかったので懐は淋しかった。その夜は山の手の汚い木賃宿に泊まった。夜中いろいろ考えたが、やっぱり大阪に行くことにした。大阪の方が働き口がありそうだったからである。だったら最初から大阪に行けばよかったと言われそうだったが、そういわれればそうだと答えるしかなかった。

翌日大阪行きの船に乗った。再度川口に上がっても行き先が無いのは神戸と変わりはなかった。藤井に行ってみると、どこかに引っ越していた。考えてみると、重郎自身夜逃げしていて藤井には顔を出せた義理ではない。一家がいなくて内心ほっとした。

道行く人に砲兵工廠の場所を聞いて、その方向に歩いて行った。行ったところで雇ってもらえる当ては無かった。

砲兵工廠は、片町にあった。

守衛に「自分はここで働きたいんやけど」と聞いた。守衛には「戦争中だから仕事はいくらでもある。しかし、保証人が要る」、といわれた。

大阪で重郎の保証人になってくれそうなのは姉のマサである。しかし、重郎が自分の紹介した藤井を夜逃げしてから、母のもとに手紙をよこし、『私ら夫婦の顔をつぶした。以後一切弟の面倒は見ない』と言ってきていた。そこにも頼めそうに無かった。

八

夕方、工廠が引ける時間を見計らって、再び工廠の門の前に立った。保証人の当てがないので、誰か保証人になってくれそうな人を物色するつもりだった。

仕事を終えた職工達がぞろぞろと門から出てくる。職工たちの群れの中にいると次第に不安が募ってくる。しかし、重郎は自分で自分を励ました。

『母にも立派な職工になると見得を切って出てきたではないか。そうなるまでは、神戸だろうと大阪だろうと、石にかじりついても離れるものか』

ところが捨てる神もあれば拾う神もあるのである。

「あんさん、そこで何をしてるんや」

群れの中でぼんやりと立っている重郎に声をかけてきた者がある。見ると小太りの血色の良い精力的な男だった。藁にもすがる思いの重郎はここに立っている理由を話した。

「やっぱりそうか、そんなことやないかと思うたわ。それなら僕が保証人になったるわ。これから、人事に言うてやるから一緒にきいな」

男は、自分を東山と名乗り、重郎を連れて工場へ入った。人事部へ連れていかれて、その場で重郎の入社が決まった。日給は呉工廠と同じ三十八銭だった。

「ところであんさん、金あるんか」

東山が重郎の顔を覗き込むように言う。重郎は首を振った。重郎の懐には五銭しか残っていなかった。工廠への入廠があと一日遅ければ、道で行き倒れていたところだった。

「そうやろ、あんさんを見た時、そう思うたわ」

その日は、天満町の東山の家に泊めてもらった。痩せた癇の強そうな女房と東山に似て小太りの娘がいた。

翌日から、重郎は工廠で働きだした。東山の家から通勤した。しばらくたってから工廠の近くの駄菓子屋で下宿することにした。これも東山が探してくれた。さらに東山は当面にと一円札を重郎に渡した。

「工廠で前借はしたらあかんで、癖になるからな。困った時は僕に言いな」

東山はどこまでも親切な男だった。

九

大阪砲兵工廠での重郎の仕事はあちこちの機械の修繕をすることだった。やすりを持って工場の中を歩き回った。呉工廠でやすりの扱いには慣れている。機械の修繕は、機械の勉強をしたい重郎にとって願ってもない仕事だった。

当時の砲兵工廠には最新の大型の機械も据え付けてあった。呉工廠をやめてまで所望した職場である。あやうく行き倒れ寸前になりながら働けるようになった職場である。こんなに機械に囲まれて仕事をするなんて夢のようだった。重郎は、田中教授に助言された通り最新の機械の性能や操作方法などを一つ一つ手帳に書きつけていった。

重郎の保証人になってくれた東山は、工廠で職工頭をしていた。その頃、大阪市が水道管製作を工廠に依頼していて、東山はそれを請負っていた。重郎の職場とは違っていたが、東山は重郎の職場の職工頭の竹林と仲が良かった。それでよく竹林のところに話しに来ていた。

ある日、職工頭の竹林が、東山が重郎に自分の職場の機械の修繕をしてくれと頼んでいると言った。

「そやけど、あそこにはちゃんと修繕担当の人がおられますやん」

怪訝に思った重郎がそう聞き直した。

「何やようわからんけど是非お前に修繕してほしいそうや。行ってやれ、職工頭の僕が言うんやからあっちの修繕担当には文句言わさへんわ」

そうまで言われて重郎は東山の職場に修繕に行った。結構複雑な技術を要する修繕だったが、一日で修繕を終えた。

「うん、ここまで直せれば立派な腕や」

東山はしきりに感心していた。

しばらくして、竹林から東山が重郎を養子に所望していると聞かされた。

「家に来はって是非にと言うてはる。どや行かへんか」

竹林はしきりにすすめた。

「あんな人に見込まれるなんて、お前は果報者やで」

竹林はそう言って熱心にすすめた。

十

竹林が東山をあんな人と呼ぶのには訳があった。

実は東山は砲兵工廠の職工の中では神様扱いされている村本弥兵衛の弟だった。

村本弥兵衛は、長崎の人だった。当時長崎は日本で唯一外国に開かれた町だった。

村本弥兵衛の父は、この長崎で、オランダ人から機械鋳物の業を習得した日本初めての人だった。まだ幕末の頃である。現在工廠にいるのはその子である二代目弥兵衛だったが、二代目弥兵衛も、明治の初期、長崎溶鉄所でオランダ人から造船術や鋳砲術を修めた。したがって弥兵衛は当時日本で最先端の技術を身につけた技術者の一人だった。

明治三年、大阪砲兵工廠の前身である大阪造兵司が新設されたが、その際、長崎溶鉄所の機械、技術者、職工が移設された。弥兵衛も三顧の礼を持って大阪砲兵工廠に迎えられた一人だった。

東山は弥兵衛の弟だったが、大きな菓子屋に養子に入って東山姓を名乗った。しかし、兄の影響もあり、これからは機械の世の中だと、家業を捨てて兄について大阪へ出てきたのだった。

重郎は、村本弥兵衛は噂で知っていたが、東山がその弟であることを聞かされたのはその時はじめてだった。いわば優秀な技術者の血筋を引く人物から見込まれたわけであって、竹林が言うように確かに光栄ではあった。

こうなって考えてみれば、東山が重郎に機械の修繕をさせたのも、重郎の腕を確かめる東山なりの計算があったのだ。

「つまりお前は、養子の試験に合格したわけや」

竹林はそう笑った。

しかし、重郎には母を養わなければならない義務があった。それにまだ二十歳だった。まだまだ機械の修行をしなければならない。

「とにかく一回会ってみいな」

竹林にすすめられて天満町の東山の自宅で会った。

「そら、養子になったかて今までどおりおかんには送金すればええがな。修行やてそうや。これからも修行は続ければええし、続けなあかん。そんなあんたやから、僕は養子にしたいんや」

東山にそこまで懇願されて重郎も承知した。世話になった東山への恩もあった。入廠の経緯からして東山とは不思議な縁で結ばれている。ここで養子に入ることもその縁の一つかとも思われた。

養子になるということは、東山の娘千津の婿にもなるということだった。千津は東山の妾腹の子だった。重郎が下宿に移るまで何日か生活を共にしたあの小太りの娘だった。

千津は今回の席にもお茶を出してきた。改めて見直してみると、千津はなかなか気立ての良さそうな娘だった。まだ十六歳だった。重郎は気に入ったわけではなかったが、気に入らないわけでもなかった。要するに、まだ若い重郎には結婚することがさほど重要には思えなかったのだ。

十一

二十歳の重郎と十六歳の千津との新婚生活は、養父の東山の家の離れで始まった。離れで独立しているといっても、東山と養母のはるがしょっちゅう顔をのぞかせる。東山は新婚生活に必要な道具や家具を次から次へと買ってくる。はるは食事を作っては届けた。東山もはるもまだ幼い二人の生活振りが見ておれなかったのだろう。

工廠の請負は、職工を集めたり、仕事の段取りを決めたり、一手に仕事を仕切っていた。そのため、羽振りの良い者が多かった。東山夫婦も金にあかせていろいろなものを若い夫婦に買い与えた。

千津はおっとりした性格だった。細かいことは気にしない。最初から重郎とは相性が良かった。

明治二十八年、一年余りで日清戦争は終わった。戦争は日本の勝利に終わったが、まもなく不景気がやって来た。工廠も仕事が少なくなった。職工達の解雇が始まった。

この頃、重郎の中に芽生え始めていた夢があった。いつかは自分も工場を持ち、親方となってみたい、という夢だった。腕に自信があるとはいえ職工は職工だった。不景気の中、このまま砲兵工廠にいても近い将来解雇されるのは目に見えていた。金回りの良い東山の養子になって、それが実現しそうな気がした。

まもなく千津が妊娠した。父親になるという実感はわかなかったが、子供の生まれることも自分の一転機であるかもしれないと思った。

思い切って、東山に打ち明けた。

「そりゃ、ええ。やれ、やれ」

東山は大喜びだった。重郎がやっとその気になったか、といわんばかりだった。

「もちろん僕が金は出してやるわ」

重郎に次の言葉を言わさぬうちに、東山の方から肝心の資金の話を切り出した。

「うれしい、うれしい。こりゃ、前祝をせにゃいかん」

東山は、直ぐに妻のはるに酒を持ってこさせた。

「僕もな、職工頭をしておっても自分の工場を持つのが夢やったんや。いつも息子がおれば良いと思っていた。その僕の夢をお前がかなえてくれる。僕はもう歳やが、長生きして良かった」

少しの酒で顔を赤くした東山はそう自分の喜びを表現した。

十二

工場は、養父の東山の家の裏手に建てた。業種は鍛冶屋である。さしあたり、鍛冶屋に必要な鉄床、ふいご、鉄槌を買ってもらい開業した。二人の徒弟も雇った。機械をやりたかったが、まだ経験も乏しかったので、とりあえず何でも屋の鍛冶屋を開業し、そのうち機械鍛冶をやる積りだった。

東山やその兄の村本、それに重郎のつてから、仕事はすぐに入ってきた。清国からの巨額の賠償金で景気の方も上向いてきていた。東山や村本は、工廠に勤めながら、朝晩工場に寄っては色々と助言をしてくれた。特に村本は高齢をおして工場に来てくれた。その助言は鋭く、この老人の姿を見ると徒弟たちは緊張した、しかし、村本は工廠でしか働いたことがなく、言うことが少しずれていた。例えば仕様書と寸法がわずかでも違うと徒弟を烈火のごとく叱りつける。

「兄やん、それは工廠なら出来るけどな。こんな小さい工場じゃそこまでは無理やで」

東山がたしなめる。

「それもそうやな。ごめんな、工廠での癖が抜けんで」

村本は笑いながら徒弟に謝った。子供のようなところのある老人であった。

重郎は一日中懸命に働いた。

だんだんと、大口の注文も入るようになった。重郎は設備や人を増やす必要があると思った。東山に相談するとすぐに賛成してくれた。

近所の空いている工場を借りることにした。百五十坪ほどの広さだった。職工も五十人ほど雇った。砲兵工廠で解雇された連中が多く応募してきた。

ところがこれが失敗だった。納品する製品に欠品が出始めたのである。理由は重郎の目が行き届かなくなったのである。経営では、自分の腕が良いだけでは駄目で、工場全体としての仕事が注文主を納得させなければならない。工場の職工達に働いてもらっていくらの世界だった。それが、職工が増えて、彼等の管理が出来なくなったのだった。重郎はそこまで頭が回らなかったのだ。

苦情が殺到するようになった。仕事を次々に打ち切られた。工場は解散せざるを得なかった。

工場を持って解散するまで一年もたっていなかった。東山に合わす顔が無かった。

「どうも申し訳ありませんでした」

重郎は東山に頭を下げた。

「仕方が無いわ。何事も経験や。まだ若いんやしな」

東山は鷹揚に重郎を慰めた。しかし、豪胆な東山であったが、内心は落胆しているのがよくわかった。

その年、長男の常次が生まれた。東山ははじめての孫の誕生に大喜びだった。常吉という自分の名前の一字をとって常次と名付けた。朝、工廠に出勤する前、孫の顔を見に来る。夜帰っても同様だった。孫が寝ているとわざと起して泣かせたりした。

「おとん、この間、常次の顔を舐めてたわ。なんか気持悪い」

千津が声をひそめながら東山の溺愛ぶりを重郎に話した。

養母のはるも同様だった。

「息子も娘も他人の子や。そやけど孫は別や、可愛いもんや」

はるは下駄箱に下駄をしまっても、必ずまたもう一度見直すような心配性の人だった。しかし、孫に対してだけは無条件だった。

東山とはるは二人で奪い合うようにして初孫に愛情を注いだ。

十三

東山と相談して、村本の紹介で長崎の三菱造船所に入ることにした。村本の紹介があれば三菱造船所で働くのは簡単だった。

村本は、工廠をやめて、長崎で隠居するという。高齢なのでもともとやめる気でいたのだが、重郎と一緒に長崎に帰ると言う。

『爺っちゃん。やっぱりわしの倒産がこたえたんやわ』

重郎も聞かないし、村本も言わないがそう思えて仕方ない。重郎は自分の倒産がこんな老人にも心労を与えたことを本当に済まないと思った。

重郎は家族を残して単身で長崎に行くことにした。

「そいしい、そうしい。常ちゃんは僕らで育てるわ」

東山は、常次を抱きかかえながら言った。

常次は東山の養子とすることになった。重郎は戸籍上常次の兄ということになった。おかしな話だが、そうまでしても東山は常次を自分の手元に置いておきたがった。重郎の方は、そのようなことはどうでも良かった。東山やはるの好きに任せておいた。

そのうち債権者が家にやってくるようになった。業者への支払代金が残っている。

何としても支払う必要があった。

「さあ、倒産はこれからが大変や」

東山が緊張した面持ちで言う。

「お前が出たら感情的になってしまう。僕が始末するから良いわ」

重郎を出さずに東山一人が債権者の相手をした。

「払わんとは言ってへん。今ごたごたしてるからもうちょっと待ってや」

東山の債権者に対応する大声が本宅から聞こえてくる。重郎は離れでその声を身の縮こまる思いで聞いていた。

「あとは僕が何とか片付ける。お前はとにかく三菱造船所へ行きいや」

東山は重郎をせき立てた。本格的に債権者が押しかけないうちに重郎を長崎へやろうとした。重郎と村井はあわただしく長崎へ出発した。

第四章　渡り鳥いずこへ

一

三菱造船所、もとの長崎溶鉄所は、日本で一番古い歴史を持つ造船所だった。

幕末、諸外国がしきりに近海をおびやかし、幕府も海防の充実を図らざるを得なくなった。そこで、安政四年、永井玄蕃頭が、徳川幕府に洋船製造の必要を上申した。幕府はそれまで交易のあったオランダに援助を求めた。オランダからは、幕府発注のヤッパン丸で、機械類と一緒に三十七名の技師がやってきた。ヤッパン丸は後の咸臨丸である。一行は長崎熔鉄所を建設し、汽船建造を指導した。同時に日本人の技術者を養成した。オランダ側の中心人物はカッテンデッケといい、村本もその父と共にカッテンデッケの指導を受けた弟子の一人である。この長崎熔鉄所は、三菱財閥に払い下げられて以来三菱造船所となっていた。

三菱造船所は歴史も古かったが、規模も当時の日本で一番大きかった。パーソンス・タービンという三階建てもあるほどの二千馬力の発電機が組み立てられているのは圧巻だった。

この日本最大の造船所で、重郎に与えられたのは、軍艦の機関製作や修理だった。ここでも、重郎は機械の知識を得るのに懸命になった。今までと同じように機械の構造や部品を手帳に写し取った。この手帳がもう随分とたまっている。引越しするときでもかならずこの手帳だけは手離さなかったからだ。自分の宝物であった。

二

機械に関してはこのようなこともあった。

ベアリングがどうしてもうまくはまらない。重郎がやすりで摺りかけると、そばで見ていたブラウンというイギリス人の技師が制止した。ブラウンは重郎を旋盤のところまで連れて行った。その旋盤は電動のモーターと直結した最新式の旋盤だった。刃の回転も手動とは比べ物にならない高速だった。その刃はベアリングをあっというまに削り取った。ブラウンはベアリングを外してノギスで測る。また削る。またノギスで測る。何回か繰り返した後、ベアリングをはめてみるとぴたっとはまった。やすりだと三日はかかる作業が旋盤だと一時間もかからなかった。

「マツイサン、ベリーグッドネ」

ブラウンは、笑いながら片目をつぶって見せた。

重郎は驚嘆した。人力をはるかに凌駕する機械の威力。一生を機械に捧げたいというのがこれまでの重郎の思いだった。この思いは機械に対する信仰にまで高まった。

それから、重郎は暇さえあればブラウンに質問した。

「ブラウンの後にはいつも松井がついている。まるで金魚の糞みたいだ」

そんな陰口を叩かれたりした。

「ソレノセツメイハジカンガカカル。イマシゴトチュウネ。ソレイジョウハワタシノイエニキナサイ」

ブラウンは仕事が忙しいときにはそう言って自分の家に重郎を招いた。ブラウンは五十歳くらいだったが、一人で洋館に住んでいた。

ブラウンの家では、ブラウンの入れてくれた紅茶を飲みながら、二人は何時間も機械の話に熱中した。ブラウンは、何の事情があったか知らないが、その歳まで独身でいたから、世間から言えば変人だった。しかし、機械については熱心だった。ブラウンの家の本棚には機械に関する本がぎっしり並んでいる。英語の本が多かったが、日本語の本もある。

「コレヨミナサイネ」

そうした本をブラウンは次から次に貸してくれた。

三

長崎に帰って、隠居生活に入っていた村本が死んだ。風邪をこじらせて肺炎にかかったのだが、本当の死因は老衰だった。

葬式に大阪から東山夫妻がやってきた。千津も常次を抱いてやってきた。

弔問客が引きも切らない。出身の三菱造船所関係の弔問客は当然として、長崎市長までやってきた。村本の技術者としての偉大さを物語っていた。

東山が弔辞を読んだ。

「機械に生き、機械に死んだ人生。自分は兄に導かれて生きてきた。兄が死んだ後もこれまでのように兄に導かれて生きていきたい……」

何度も詰まりながら弔辞を読んでいた東山は、最後は号泣して言葉にならなかった。

長崎の大店の菓子屋に養子に入りながら、兄の後を追って砲兵工廠へ入廠した。東山にとって兄の村本は人生の師匠だった。自分が全額を出して執り行った盛大な葬式は、そんな兄に対する東山の感謝の気持でもあった。

大阪へ帰った東山から千津が身ごもったという手紙が来た。しばらくして次男の常弥が生まれたとの手紙が来た。妻の千津が産後の症状がよくないという。気にはなったが大阪には帰らなかった。東山やはるがいるから大丈夫だろう。機械に夢中の重郎には家庭のことを気にしている暇は無かった。

別の手紙で、東山は、家屋敷を処分して重郎の借金を返済したと書いてよこした。

『おとんにすまない』

重郎は、大阪から逃げるように長崎にきたが、東山は倒産の後の面倒な後始末を自分の身代をはたいて整理してくれたのだ。つくづく東山には申し訳ないと思った。

四

何カ月かして、千津が死んだ電報が入った。やはり産後の症状が悪化したのが死因だった。

休暇を取って大阪へ帰った。重郎が帰るのを待っていてくれたので葬式には間に合った。棺桶の上にまだ十九歳の頃の千津の写真が飾ってある。千津の位牌の前に立って、短かかった千津の一生や同じく短かった結婚生活に思いをはせると涙が流れた。結婚するとまもなく工場をおこし、倒産させ、長崎に逃げて行った。夫として千津には何もしてやれなかった。二人でどこかへ遊びに出かけたということもなかった。

やっと歩けるようになった常次がよちよち歩きをしている。当然母親の死んだことはわかっていない。葬式にやってきている人に片っ端から笑いながら近付いていく。愛想のよい子だった。その頑是ない仕草が人々の涙を誘った。

生まれたばかりの常弥の顔も見た。常弥も東山が自分の常吉から一字を取って名前を付け、自分の養子として市役所に届けていた。自分がそばにいて面倒をみてやれない以上、それも仕方のないことに思えた。

「この子は母親の命と引き換えに生まれてきた子や。生まれてくる者、死んでいく者、初めから寿命は決まっていることだから仕方ないわ」

東山が常弥を抱きながら誰に言い聞かせるともなく言っている。東山の眼には涙が浮かんでいた。

喪主として葬式を済ませると、また逃げるように長崎にとってかえした。

五

三菱造船所に入所して、倉本という友人が出来た。重郎より少し年上であった。腕の良い職工で性格はおとなしかった。潔癖で一徹なところのある重郎には友達と呼べる人間は少なかったが、この倉本とだけは無二の親友となった。

所帯持ちの倉本は、千津を亡くしたばかりの重郎をよく家に呼んでくれた。そこでは気さくな倉本の女房が、重郎に晩御飯などを食べさせてくれた。重郎も下宿生活には無い家庭の温かさを味わいたくて、誘われるまま気兼ねをすることもなく出かけていった。倉本には三歳になる男の子がいた。この子が重郎によくなついた。重郎も、大阪の息子達を思い出しながら可愛がった。時には、倉本夫婦と子供、それに重郎と同じ布団で川の字に寝ることもあった。酒の好きな倉本に付き合って、御茶屋遊びに出かけたこともあった。

この倉本にはいろいろと教えられることが多かった。

倉本は、いつも胸元に懐紙を入れていた。食事の後などその懐紙を取り出してそっと口を拭っている。重郎には何だか倉本の所作が女形のように思えて仕方が無い。だからどうしても笑ってしまう。

「仕事が工場の中の仕事だろう。だから僕は仕事以外のときはいつも身綺麗にしていたいんだ。下着なんかも毎朝洗い立てのものに着替えるんだよ」

重郎に笑われても、倉本は平気だった。

「君も懐紙を持ってみたまえ。自分が上等の人間になったような気持になるよ」

倉本を見習って重郎も懐紙を懐に忍ばせることにした。持ち歩いてみると懐紙は重宝なものだった。食事の後の口拭いだけでなく、服や手などが少し汚れた時でも拭き取ることが出来る。そうすると、倉本の言うように上等な人間になった気まではしないものの、不思議に気持が落ち着いた。

「君、自分の座右の銘って持っているかい」

倉本は酒の杯を傾けながら、重郎にそんなことを聞いたりした。

「ザユーノメイ?」

「いつも心がけていることさ。僕はそれを持っているよ」

「ほう、それは何や」

「やっぱり職工だった僕の父から教えられたものさ。それは自信・人信・天信」

倉本はその意味を説明してくれた。

「まず自信。これは僕も君も機械の腕を上げたいと修行している。腕が上がると自信をもてる。それから人信・天信はいちずに周りの人を信じ、天を信じることさ」

なるほどな、と重郎は思う。よく意味は分からないながらも、これで倉本の人柄が少し理解できたと思う。

しかし、重郎には腑に落ちない点もある。

「天信は神様がらみやからこれは信じな仕方ないわな。そやけど、人信と言ったって人間は裏切るやんか。そうしたらどうすんのや」

「その時は僕はそこから去る。自分を裏切った連中とはもう付き合わない」

倉本はきっぱりと言った。

『こいつ、なかなかやで』

倉本の毅然たる言葉に重郎はびっくりした。おとなしい倉本だが案外芯の強い強情な人間なのかもしれなかった。

六

重郎は日に日に自分の能力があがるのが感じられた。倉本という無二の親友も得て、工場生活は楽しかった。

しかし、この頃から、重郎は同僚や先輩達からその腕をねたまれるようになった。普通熟練工と呼ばれる人達は皆四十代五十代だった。重郎はまだ二十歳を過ぎたばかりであったが、それら熟練工達に負けない仕事をした。

中には因縁を付けてきたり、喧嘩を売ってきたりする者もいた。もちろん重郎は取り合わなかった。重郎が平然としているので、それがまた先輩達の反発を買った。

重郎は、それよりも仕事をうまくこなすことに一生懸命で、仲間の嫉妬などいちいち気にしている暇はなかった。

重郎は機械の講義録も取るようになった。もう技術者として経験することはあらかた経験した。それ以上にいくためには本を読むことしかなかった。

下宿でも毎晩勉強した。工場にも講義録を持ち込んで、昨晩読んだ箇所を現場の機械と比較した。これが良かった。講義録の分からない箇所も分かるようになったし、機械に対しても今まで考えてもみなかった新しい見方ができるようになった。幼少の頃は勉強が好きでなかった重郎だったが、この頃はとりつかれたように本を読んだ。

工場では重郎に綽名が付いた。それは『機械小僧』だった。頭の中には機械のことしかない。話題と言えば機械のことばかりだった。

「また、機械小僧が機械の話をはじめた。いつ終わるかわからんぞ」

重郎が機械の話をし始めると皆辟易した。

七

養父の東山から、重郎に大阪へ帰るようにす丶めるように手紙がしきりに来るようになった。

『借金は全部返済した。そればかりか、そのために売った家も今回買い戻すことになった。倒産のことはもう気にしなくて良い。また大阪に帰って事業をやってみないか。もう一度一旗あげてみないか』

と、手紙には書いてあった。

東山は重郎が長崎にいる間に、倒産の事後処理を済ませてくれていた。そればかりか、重郎を責めることも無く、再挑戦をすすめてくれている。

重郎は思いをめぐらせた。工場を倒産させたのは、自分に経営者の器が無いからだった。それはそうであったが、自分にも甘えがあったことも確かだった。

資金を東山に出してもらい、始めてからも東山やその兄の村本に頼りきっていた。

それが倒産の一番の理由であった。そうである以上、このまま東山のすすめに従っても又同じ轍《てつ》を踏むことは目に見えていた。

自分は何のために大阪に出たのだ。立派な職工になって腕一本で世の中を渡っていこうとしたのではなかったか。独立独歩、誰の手も借りずに、堂々と生きたい。そこにこそ自分の生き方の真骨頂があると思った。

そこまで考えた時、そもそも東山の養子になったことが間違いではなかったか、と思い至った。竹林にすすめられ、東山にも是非にと乞われたとはいえ、養子の話に乗ったのは若気の至りだったのではないか。このままだといつまでたっても自分は自立できない。東山の養子ではなく一個人として道を切り拓きたかった。

東山が債権者を追い払う声を離れで聞いていた時の自分の気持を思い出した。あの屈辱は生涯忘れることは出来ないだろう。

もう一旗揚げさせたいという東山のす、めはほんとうにありがたかった。しかし、それとこれとは別問題である。

『養子縁組を解消してもらうしかない』

重郎はそう決めた。

八

『長崎を引き上げるのは後からでも良い。とにかく話をしに一回大阪へ帰って来い』

養父の東山からの催促の手紙で、重郎は休暇をとって大阪へ帰った。

まず、仏壇の前に座って千津の位牌に手を合わせた。

常次と常弥がふすまの陰からのぞいている。常次は六歳、常弥は四歳になっていた。この二人は、重郎の子供でありながら、戸籍上は重郎の弟だった。久し振りに見る『兄』が珍しくてならないらしい。傍へ行きたいが恥ずかしい。

「こっちへ来い」

重郎は二人を呼んだ。

「おとん、おとん」

二人は、東山を呼びながら逃げ出した。

夕食を済ませると、東山と重郎は二人きりで向き合った。

「養子縁組を解消して下さい」

重郎が頭を下げてそう切り出した時、東山はきょとんとしていた。思いもかけない話だったからであろう。重郎は、自分の考えを洗いざらい隠すことなく話した。東山はじっと眼をつむって話を聞いていた。その皺の多い顔には、東山の人生の幾星霜が深く刻み込まれていた。それを見ながら話を続けるのは本当に辛かった。

「わかった。しばらく考えさせてくれ」

話を聞き終わると、東山は静かにうなずいた。東山は、人間の機微の良くわかる人だった。重郎の真意ものみこめたのだろう。しかし、突然の話なので少し時間をくれということだった。

それからは、常次や常弥を連れて大阪城や中之島へ遊びに行ったりして日々を過ごした。ミナミでは、一家で晴れ着を着て写真館で写真を撮った。久し振りの一家団欒だった。常次も常弥も重郎にすぐに慣れて競争するように重郎の手を握った。

九

東山はその間、重郎との話には一言も触れなかった。

一週間経って、重郎は東山に呼ばれた。

「お前の気持はようわかった。僕としては惜しいが、お前のために手放すことにする。そのかわり、必ず世に出て立派な仕事をしてくれよ」

重郎の目から涙があふれた。

「ただな、お前に一言言っておきたいことがある。年寄りの言う事と思って聞いてくれ。お前もこれから僕と離れて生きていくんやが、先々人生いろんなことがある。いろんな人と出会う。もちろん嫌な奴もいる。その時、その嫌な奴の言うことを一回だけ聞いてみる、ということを心がけてくれ。あいつああ言ってるけど、あいつの言うこともまあマシやなと判るかもしれん。判らんかもしれん。別れるのはそれからでも良い。お前はまっすぐな人間や。そやから僕もお前に惚れたんや。せえけどな、清濁併せ呑む、という言葉がある。濁り水もまた味なもんかもしれん。それはお前がまた事業をやるうえでとても大切なことやと僕は思う」

重郎は両手をついて声をあげて泣いた。東山は善人である。情愛にあふれた人である。甲斐性もあるし、何よりも重郎の職工としての腕も認めてくれている。

この場合、『前は養父に迷惑をかけたから、今度は事業失敗をしないよう頑張ってみよう』、という選択もできたはずである。普通の人間はそうするはずである。しかし、そうはせずに、あえて自分一個の道を選んで、養子縁組の解消をする。重郎はそこに自分の業を感じた。よく分からないところもあるが、今の東山の話もその業を戒めているのだろう。重郎の涙は、そんな自分の業に対する涙でもあった。

「もうええ、もうええ。お前は常次や常弥のおとんや。籍は抜いてもこれまで通りお前が僕の息子であることに代わりはないわい」

東山は重郎の背を撫ぜた。東山の目からも涙が流れていた。

十

長崎に帰ると、倉本に養家を去った一部始終を話した。

「松井姓に復したのなら、君は広島に帰るべきだ。呉工廠で働いてお母さんの傍にいるべきだ」

倉本はそう言った。分ったような分らないような理屈だが、重郎は倉本の意見に従うことにした。倉本の言うことなら素直に受け入れられるから不思議だった。

先輩達のいじめも続いていた。倉本と別れることは嫌だったが、千津の死や養子縁組の解消のこともあり、ここいらで働き場所を変えて心機一転を図るのも良いかなと思った。

明治三十年巨額の経費を投じて官営の八幡製鉄所が設立された。それまで外国に頼っていた鉄の自給を目指して、東洋一と言われる溶鉱炉に火が入れられた。日本の工業は軽工業から重工業の時代になっていった。

機械や鉄鋼の工場ではいくらでも人がいる。熟練工は引っ張りだこであった。終身雇用制など無い時代、職工達は、少しでも良い待遇を求めて、あちこちの工場を渡り鳥のように渡り歩いた。

重郎も渡り鳥のように、大阪から帰った足で直ぐに向洋に向かった。工廠へは倉本が退職願を出してくれることになった。

「山崎さんはもう力になってもらえんわ」

母の話では以前呉工廠に入るとき世話になった山崎は亡くなっていた。

「ほな、試験を受けて入所するわ」

山崎の紹介が無い以上、工廠へ入るには試験を受けるしかなかった。かつて勤めた経験もあるし、内部の様子も分っているので、自分の力量で試験は難なく合格する自信があった。

呉工廠へ行って願書を出した。今度は造船部ではなく造機部を志望した。

帰りに広島高工の田中教授の下宿を訪ねた。ところが田中は任期を終えて高工に帰ったとのことだった。

その日はそのまま向洋に帰り、翌日広島市へ出て高工の田中の研究室を訪ねた。

「造船部は今募集していないはずだよ」

造船部時代の重郎を知っている田中は言った。

「今度は造機部に応募しました」

「それなら内緒で試験問題を教えてあげよう」

試験問題は、与えられた交差の範囲内でゲージを作ることだった。向洋に帰って、試験までの何日かをゲージの研究に没頭した。没頭の余り徹夜になることもあった。完璧では満足できない。完璧を超えて、自分独自のものが出せるまで研究した。わからないところは再度田中のもとを訪れて教えてもらった。

試験問題を重郎はまったく独創的な方法でやってのけた。試験官達には大変誉められてすぐに採用された。

十一

以前下宿していた軍人の未亡人の家にまた下宿することにした。

造機部の日給は一円拾銭だった。破格の給金だった。

呉工廠では『かならず世に出てくれ』との東山の言葉を胸に収め、重郎は仕事に励んだ。

時間が経ってみると、東山がいかに立派な人物であったかがわかった。養子の重郎に自分の子供以上の真情を注いでくれた。父を早くに喪った重郎にとって父と同じ、いやそれ以上の存在だった。これほどかけがえのない人間にはこれからも会うことは無いであろう。

しかし、養子縁組を解消したことの後悔は無かった。とにかくこれからは、東山に恥ずかしくない生き方をしなければと改めて重郎は決意した。

入所試験での重郎の水際立った技術は、工廠内でも評判になっていた。

工廠ではすぐに伍長になり、まもなく組長になった。

母にはお金を渡し、大阪の孫にも会いに行かせた。

母は、一週間ほど大阪に滞在した母は、

「お前のおかげじゃ」

母は喜んだ。初めて見る大都会は母を驚かせた。一週間ほど大阪に滞在した母は、帰ってきてからも、キタやミナミの賑わいや、東山に孫達と一緒に連れていってもらった京都のお寺などの思い出話を、何度も重郎に繰り返して話した。

「本願寺でお父さんや死んだ子供達の霊を特別に拝んでもろうた。もう私はいつ死んでも良い」

考えてみれば、母の生活は苦難の連続だった。夫は早く死に、多くの子供を抱えて生活に追われ通しだった。母の人生を思う時、重郎は母のため、どんなことでもしてやろうと心に誓った。

倉本の助言どおり、呉と向洋と離れてはいるが、母の近くで暮らせることはとても良いことだった。

十二

その頃重郎は、かつての養母、東山の妻のはるから縁談をすすめられていた。

「いつまでも一人ではおられへんから」

何でもはるの知り合いの娘だという。写真を送ってきたが重郎好みのぽっちゃりとした顔立ちだった。

下宿には母が時々来て身の回りの世話をしてくれる。重郎も性格的に部屋などはきちんと片付けるほうなので、差し迫って日常生活に困ることは無かった。しかし、やはり男一人の家は何かと不便であった。

はるには返事はしなかった。好感は持ったがそれを手紙にすることなど出来なかった。業を煮やしたはるがその邦子という若い女を呉に連れてきた。

会ってみると邦子は明るくて素直そうな女だった。

「まあ、お前も再婚のことだし、派手にはせんと内々で済ませとこう」

重郎に不満が無いのをみてとると、はるは早速結婚のための段取りを進めた。母を呼んで、はる、邦子と四人で、仕出しをとって重郎の下宿で祝言ということにした。邦子とはそのまま下宿で一緒に暮らした。

「お父さん、あれ以来元気が無うなってなあ」

はるが東山の近況を語った。

「酒をよう飲むようにならはった。前はほとんど飲めんかったのに」

重郎は何も言えず黙るしかなかった。

まもなく邦子との間に、娘の美智子が生まれた。

十三

重郎がまだ幼かった頃、ハワイに渡った兄の竹助が向洋に里帰りをしてきた。同じ向洋の娘と見合いをするためだった。同時に弟の梅助をハワイに呼び寄せるということ。

何でもハワイで始めた雑貨店が繁盛しているらしい。

重郎は、美智子を抱いた邦子を連れて向洋に会いに行った。

「よう、チビ、元気か」

重郎の顔を見るなり竹助は抱きついてきた。三十歳になろうかという重郎を昔のようにチビ呼ばわりである。竹助にとっては一番末の弟は何時までたってもチビだった。

「重郎もね、工廠で頑張っているよ。この間旅費を出してもらって大阪へ孫の顔を見にいってきたよ」

もう一年もたつのに、母にはまだ大阪への旅の思い出が忘れられないらしかった。

原色の派手なシャツ、日に焼けた顔、大仰な身振り。昔から陽気ではあったが、それでも漁師だった頃の竹助の面影はない。ハワイの人間になってしまっていたし、何よりも商人らしい仕草が身についていた。商人のいない一族に育った重郎には何だか別人を見るようだった。

母がささやかではあったが心づくしの料理を作ってくれた。母の傍で若い女が母の手伝いをしていた。竹助の見合い相手の娘ふじだった。

「これこれ、これを食べる夢を何度見たことか」

竹助は旨そうに母の作った煮しめを食べている。酒の入った竹助は上機嫌だった。

「向こうで僕は苦労したよ。でも、僕は漁師上がりだもんな。命がけで荒波に漕ぎ出すことを思えばそんな苦労なんか何でもなかったよ」

酒の飲めない重郎をそのままに、梅助と二人で酒を酌み交わしている。

「向洋の人間だもんな。人に後指を指されることだけはしたくなかったよ」

「ほうじゃ、ほうじゃ」

梅助が相槌を打つ。

酒のまわった竹助が突然泣き出した。肩を震わせて泣きじゃくる。その余りの号泣に誰も傍に近づけない。口とは裏腹にハワイでの竹助の苦難の日々を彷彿とさせる泣き方だった。

「ほら、竹助。ハワイではふじちゃんも梅助もお前が頼りなんじゃけん。しっかりせんといけんじゃあないか」

母が竹助に酒を注いでやりながらなだめた。その後ろで許嫁のふじも心配そうに竹助を見ている。

「僕は何回も日本の夢を見たよ。何回もかあやんの夢を見たよ」

松助は泣きながら母に抱きついた。

「日本は良い。実家は良い。本当に良い」

母に抱きついたまま竹助はしゃくりあげながら何度も繰り返した。

十四

明治三十七年、満州や朝鮮の権益をめぐって日本とロシアの間で戦争が始まった。日露戦争である。

大阪の東山から、『砲兵工廠を退職した。一家で郷里の長崎に帰る』という手紙が届いた。

砲兵工廠が、急に日露戦争の軍需に忙しくなったため、民需の仕事を廃止したのが原因だった。しかし、生活力のある東山のことである。廃止されたらされたで他の手立てを考えるはずである。やはり重郎との養子縁組の解消が、東山の退職の原因の一つであると思えて仕方なかった。

その後の手紙で、長崎に帰った東山一家は隠居仕事で小さな菓子屋を開いたという。常次も地元の小学校に入学した、とのことだった。

しかし、しばらくして、またはるから手紙があった。

東山が、店をはるに任せて、四国新居浜の別子銅山に働きに行くことになった。いったん隠居を決めたものの、とても菓子屋の主人には収まっておられず、また機械が恋しくなったようだった。

「二人とも、元気でおれよ。おかんの言うことをよく聞いて、しっかり勉強するんやで」

常次と常弥に言い聞かせて東山は新居浜に旅立って行った。東山からは毎月たくさんの現金が入った封筒が送られてきた。

『常次、常弥、どんなことでも良いからおとんに手紙を書いてや。おとんは毎晩それを読みながら寝てるんやで』

封筒の中には、いつも、常次と常弥への愛情にあふれた手紙が入っていた。

『お父さんはまた元気を取り戻したようで安心しています』

はるの手紙はそう締めくくっていた。結局、東山は重郎と同じように『機械小僧』だった。それも老いた『機械小僧』だった。一生機械と共に生きていく宿命のようだった。

邦子との新婚生活は楽しかった。邦子はどことなく千津に似ていた。それで重郎は千津との短かった結婚生活を同時におくっているような気がした。そう思ってみると、千津にあれもやってやればよかった、これもやってやればよかった、との後悔ばかりである。若かったとはいえ、旅ばかりだったとはいえ、仕事に夢中だったとはいえ、本当に可愛そうなことをしたものである。

十五

日露戦争が始まると、重郎は抜擢されて工作船に乗り込むことになった。この船は軍艦を修理する三千トンほどの船で、船の中には工場と同じ設備がしてあった。この仕事には素晴らしい給金が出る。そのため誰もが乗りたがったが、白羽の矢は重郎に立った。部下は三十人ばかりだった。重郎の給金は月参百円にもなった。皆の羨望の視線を背中に、選抜された全員は張り切って乗り込んだ。

ここでは軍艦や商艦の修理を手始めに、いろいろな仕事をした。

ところが、ここで重郎は陰湿ないじめにあった。重郎は長崎造船所でも先輩達からさまざまないじめにあっていたが、今回は上司からのいじめだった。

その上司は村岡という同い年の技手だった。技手は組長である重郎の一つ上の役職なのだが学校を出ていないとなれない。村岡は工業学校出だった。

この村岡がいちいち重郎の意見にけちをつけた。重郎も黙っているわけにはいかない。ことごとく二人は対立した。重郎には、学校こそ出ていなくても、これまで鍛え上げた腕がある。同じ歳の技手なんかに負けるものかという思いもある。村岡は村岡で、無学の職工がという思いがある。重郎が目の上の瘤だった。結局この確執は同い年の学校出と叩き上げの喧嘩だった。その意味で衝突は起こるべきして起こったものだった。

しかし、まもなく重郎は村岡を無視することにした。

「それならあなたの勝手にどうぞ」

と言って村岡の好きなようにさせた。

自分には機械で身を立てる大きな希望がある。それを東山とも約束したではないか。それに向洋には重郎の出世を待っている母がいる。あんな奴無視すればいいのだ。重郎は自分に言い聞かせた。

十六

日露戦争は日本の勝利で終わった。工作船はなおも日本海海戦で沈没したロシアの軍艦の引き揚げ作業に従事するため、樺太へ回航した。戦争終結直前に日本軍は樺太占領作戦を展開し、ポーツマス条約で南樺太は日本の領土になっていた。

引揚げ作業には何人かの現地のロシア人を雇った。戦争が勝利に終わり、ロシア人達は安くで雇えた。そのうちこのロシア人達とは仲良くなった。工作船も作業の合間には樺太に停泊した。乗組員達も上陸して休息をとった。そういう時、仲良くなったロシア人達が自分の家に招待してくれた。ロシア人達は底抜けのお人好しばかりだった。重郎もアレクセイという技師の家に招待された。

アレクセイは今戦争では旅順にいたという。つい最近まで敵味方の間柄だったのだ。アレクセイは、結婚したばかりの妻の作ったロシア料理を振舞ってくれ、ウオッカを飲ませてくれたりした。酒の飲めない重郎がウオッカにむせると、アレクセイは腹を抱えて笑った。

ウラジオストックの工業大学を出たアレクセイと重郎はよく気が合った。いつまでも二人は機械の話をした。話が専門になると、アレクセイは本を持ち出してきて、写真を指差しながら、ロシア語と片言の日本語で懸命に説明した。

ロシアは、遅れた国だと聞いていたが、アレクセイの家にいると、いろいろと感心させられることが多かった。食生活にしても分厚い肉を食べ日本に比べはるかに豊かであった。重郎の滞在した頃はもう寒くなる頃であったが、部屋の中は壁のレンガを暖めたペチカで温かかった。外で雪が降っていても、部屋の中では薄着で過ごせた。壁の中には温水管が通り、その温水を炊事や風呂に使っている。さして豊かとはいえないアレクセイの家でこうである。貧しさの基準が違う。国力の違いも感じた。まだまだ諸外国に学ばなければならないことは多いと思った。

その一方、工作船では、村岡と重郎の対立が続いていた。そのため、作業が遅々として進まない。アレクセイの家から戻りながら、陰気な工作船の中を思うと気が重かった。

間もなく十月になった。樺太では吹雪交じりの冷たい風が吹き、海が荒れて作業にならない。工作船は何にもなすこともなく呉へ帰ることになった。

『このまま、工廠にいてもしゃあないな』

呉に帰ると村岡は工作船での件で重郎に何らかの報復をしてくるだろう。それが怖いわけではなかったが、こんなことをするために呉工廠に来たはずではなかった。重郎は甲板に立って日本海の荒波を見ながら、これからの自分の行く末をいろいろ思いめぐらせた。

十七

工廠の休みの日、重郎は高工の田中教授のもとを訪れた。しばらくよもやま話の後、重郎は田中に工廠での自分の置かれている立場を打ち明けた。

「そりゃ、君ぐらいの腕を持っていると人からは妬まれるよ。もう君は修行の段階は過ぎたのかもしれないな。どうだい、そろそろ独立を考えてみたら」

田中は、その昔、重郎が事業に失敗したことは知らなかった。だから『そろそろ』という言葉で独立を勧めたのだ。もっとも、田中に言われるまでもなく独立のことは時々重郎の頭をよぎっていた。重郎はもう三十一歳になっていた。

「松井君。君のその技術を活かして何か製品を開発したら良い。事業でも自分の製品を持ってのぞめばそれだけ有利だよ」

また、田中はこうも言った。

「その時、製品は三つ持ちなさい。一つは今売れている製品、二つ目は今の製品が売れなくなったら次に売れる製品、三つ目はどちらがこけても生活費を稼いでくれる製品。一つはいけません。一つだけは危険です」

重郎は二、三日考えたが、呉工廠をやめ独立することにした。

現在の重郎はそれなりに年齢を経て経験も積んだ。もうかつてのようにわけもわからないうちに工場を倒産させるようなへまはやらないだろう。今度こそ失敗は許されない、ともいえるが、今が人生の転機だと感じた。独立するにはやはり大阪だった。

「うれしい。大阪に帰れるわ」

邦子に打ち明けると、邦子は生まれたばかりの二番目の娘の敏枝をあやしながら、生まれ育った町に帰れることを単純に喜んだ。

第五章　機械小僧の挑戦

一

日露戦争は日本の勝利に終わったが、戦争の戦果にはみるべきものはなかった。ロシアからいくつかの領土を得ただけで、日清戦争の時のように賠償金が取得できなかった。戦争の遂行には、国家予算の六年分以上の戦費がかかったが、それらの大部分は外債や国債でまかなわれた。戦後その支払いに日本政府は四苦八苦することになった。

独立を志した重郎には、先立つ資金が無かった。前回は養父の東山が資金面の面倒を全てみてくれたが、その東山ももうあてにはできない。というより、養子縁組解消の折あれだけ大見得を切った以上、死んでも東山に頭を下げるわけに行かなかった。不況風の吹き荒れる中、重郎は自分の力で資金を工面しなければならなかった。

いろいろ思案したあげく、向洋出身の木下という人が、牡蠣船を経営して成功しているのを思い出した。木下の向洋の実家は重郎もよく知っている。大きな柿の木のある家で、悪童たちとその柿を捥いではよく食べていた。

広島湾でとれた牡蠣を、川に浮かべた船で食べさせる。その発想が大阪人の評判を取った。最初は屋根無しであったが、そのうち屋根をつけ、船の中を料亭のように改装した。料亭で牡蠣を食べながら川べりの風景が楽しめるという趣向だった。

木下は高利貸もしている。重郎はその木下に借金の申し入れをすることにした。

木下はよく太って福よかな顔をしていた。

「あんたが松井の末っ子かいな。松郎はどうしてる」

長兄の松郎と同い年で小さい頃よく遊んだと言った。

「兄は死にましてん」

「ふうん、何で」

それからしばらく松郎や向洋の誰彼の噂話をした。

しかし、重郎が金の無心を頼むと、木下は途端に目を光らせた。

「儲かる仕事かいな」

木下は重郎の顔をじっと覗き込みながら言った。明らかに重郎を値踏みしていた。

「もちろん儲かると思うからやるんです」

重郎はむきになって応えた。その後熱っぽく事業の計画を話した。

木下は重郎の純情そのものの態度に微笑していた。重郎の話が一段落つくと、目の前に百円を置いた。

「ええか、あんさんが広島の人間やから、同郷のよしみやからいうて貸すんやないでえ。機械屋さんは将来性あるし、あんさんも見込みがありそうな人間やから貸すんや」

それから少し真面目な顔で重郎をたしなめた。

「あんさんもこれから事業をやるんなら、金を借りなあかんことがしょっちゅう出てくる。そのとき今回みたいな手ぶらはあかん。やっぱり計画書や図面をちゃんと揃えて頼んだほうがええな。たとえばこんなふうにや」

木下は、重郎に計画書の書き方を教えてくれた。若い者に世間を教えるのが楽しくてしようがないという風だった。

この木下からの借金が最初の借金だった。同時にこれが資金繰りの苦労の始まりで、これ以後、重郎は明けても暮れても資金の問題で悩まされるようになった。

二

工場は市外の中津の小さな農家を借りた。木下から借りた金で、旋盤の中古品などを買った。最初の時と違って、今度は最初から機械方面を目指した。ささやかな出発ではあったが、これから、独立独歩、自分の腕一本で生きていけると思うとうれしかった。

『今に大阪中をびっくりさすような製品を作ったるで』

田中教授からも『事業は自分の製品を持つべきである』との助言を貰っている。何の製品を作るか決めているわけではなかったが、それはまったく独創的な製品であるはずだった。それを想像すると、重郎は一人胸が高鳴るのを覚えた。

機械販売店から紹介された青崎製作所が最初の仕事を廻してくれた。

しかし、青崎は製作所と名乗っていても、ブローカーだった。紡績工場あたりから機械を請け負い、下請けに出して、自分名義で納品する。下請けには上前をはねて金を払う。元請から仕事を安くで請ける。競争入札だから仕方ないともいえるが、その場合でも自分の取り分はちゃんと取った。下請けが損を出そうがお構い無しだった。しかも、仕事がある時と無い時の差がひどかった。無い時はさっぱりなく、あるとなると一度にどっと出してせきたてる。

これではとても良い仕事はできない。早いとこ青崎から離れる必要があった。こんなことをするために独立したのではないはずだ。

重郎は暇を見ては、いろいろな製品の試作を試み始めた。

三

新居浜に行った養父の東山が、事故に巻き込まれて死んだという電報が入った。

死者三人を出した大事故だという。

重郎は、葬儀の行われた新居浜に行った。はるも長崎から常次と常弥を連れてかけつけていた。葬儀では多くの住友の同僚が参列していた。

「本当に良い人やった」

「あんな良い人がこんな死に方をなあ」

「こちらに来てまだ間なしやのになあ。ここには死にに来たようなもんや」

重郎の周りでは参列者が口々に心から東山の死を惜しんでいた。東山の生前の人徳がしのばれた。

聞くところによると、東山は『工作方』といって、銅山の採鉱に使う機械の製造を請け負っていた。事故は、工場での起重機の倒壊だった。一台目が倒壊した時、東山はまだ生きていた。周囲の同僚を次々に救助しては工場外に運び出し、その最中、二台目が倒壊しその下敷きになって死んだという。東山は自分の身を顧みず人を助けている時に死んだ。いかにも東山らしい死に方だった。

重郎は、この父代わりの東山にさんざん迷惑をかけた。最後には養子縁組を解消するような、後ろ足で泥を引っ掛けるようなこともした。それらを一つ一つ思い出すと涙が流れて仕方がなかった。そのうち涙が流れるだけでは済まない。込み上げるものを我慢できず、重郎は人目もはばからず号泣した。

しかし、東山の人生は機械に生き機械に死んだ人生だった。最後の瞬間を現場で散っていった東山の生き様は、ある意味では悔いのないものであったろう。

『わしも死ぬ時は工場で死にたい』

重郎も本気でそう思った。

「これからは、自分も少しは仕送りをさせてもらいます」

傍ではるも泣き崩れている。重郎ははるの肩を抱きながら言った。

東山は、重郎に自分の夢を託していた。事業に再挑戦することを期待していた。東山の恩に報いるためにも、今度こそ再挑戦は成功させねばならなかった。

四

養父の東山が死んでしばらくして、はるが常次、常弥を連れて長崎から出てきた。聞けば、二人を重郎が引き取れという。

常次は長崎の尋常小学校から高等小学校へ進学したが、突然学校に行かなくなったという。理由は、学校で一人の教師から身に覚えのないことで責められたからという。それ以来、登校を拒み続けている。

「もう私の手に負えへんわ。私も師範学校の付属をはじめどこぞ良い転校先は無いものか当ったけどどこにもないんや。お父さんがおればなんとかなったかもしれんけど死にはったしな」

はるの傍で常次と常弥が、はじめて見る人間のように重郎を見上げている。

久し振りに見る二人は見違えるように大きくなっていた。父と子といいながら、ひたすらあちこちの工場を渡り歩いて一緒に住んだことの無い重郎は、ほとんど父親らしいことをしてやっていない。後ろめたさが重郎の胸をよぎる。もとより重郎が一緒に住むことを拒むことができるはずがなかった。

「尋常の頃はあんなに成績が良うていつも級長や副級長をやってたんやけどなあ」

はるは常次の頭を撫ぜながらため息をついた。

「もっと泊まっていったら」

重郎がしきりに引き止めたが、はるは二人を重郎に押し付けるとそそくさと長崎に帰っていった。

帰り際、はるは重郎を家の外に呼び出し、長崎を発つ前に二人に、重郎がこれまで兄と呼んでいたが、そうではなく父親であることを打ち明けたといった。

二人が重郎を怪訝そうに見上げていた理由がこれで分った。

五

家庭では、転がり込んできた常次と常弥をまじえ妻と子供四人の生活が始まった。

子供が四人に増えたので、工場の近くに小さな家を借りた。二人ともそれまで兄と呼んでいた重郎を父と呼ぶことに最初は戸惑いを見せていたが、すぐに打ちとけた。二人は兄らしく下の妹の敏枝を交互に背負って、淀川の堤防に遊びに行ったりした。常次は結局一年遅れて工場の近くの高等小学校に入学した。

その常次が学校の行きかえり、工場に顔を覗かせては、面白そうに機械や父の仕事を見ている。その姿を見ると、自分の小さい頃にそっくりだと思う。あの時の重郎は中に入れず、外から作業を眺めていた。常次は、父親の経営する工場だから、直ぐ傍に近付いて目を輝かせながら見ている。

「どや、手伝うてみい」

重郎が声をかけると、常次は直ぐにハンマーを握った。重郎と呼吸を合わせてハンマーを打ち下ろす。最初こそ、打ち間違ったが直ぐにこつを覚えた。ただ、小学生なので、力がまだまだ弱い。しかし、小学生とは思えない勘の良さで打ち下ろしてくる。

重郎は、常次の動きを見ながら、養父の東山、自分、常次と三代続く技術者の血を感じた。

仕事の方はなかなか安定しなかった。青崎の途切れ途切れの仕事をしながら、新製品も開発しなければならない。妻とまだ幼い子供四人を抱え、生活は苦しかった。木下からの借金も増えた。この頃は借りにいってても貸してはくれるが良い顔をしない。

だんだんと窮地に追い込まれていく。何とか切り抜けなければならない。焦燥の日々が続いた。

六

この頃になると四人ほどの徒弟を抱えていた。いずれも十五、十六歳ぐらいの少年ばかりである。

重郎は仕事には厳しかった。仕事に失敗したりすると、こっぴどく怒鳴りつけた。整理整頓にもうるさかった。いつも機械をきれいに掃除しろとやかましく言っていた。注意が二度三度と重なると容赦なく平手打ちをした。徒弟の中でも要領の悪い高木などは何度も重郎の平手打ちを食った。

しかし、叱責されながらも少年達は重郎を畏敬の念で見ていた。何しろ十三歳から鍛えに鍛えた腕である。例えば五十ミリシャフトを沸かしつぎする時などの上手さは抜群だった。沸かしつぎの瞬間の重郎の表情と目の配りは、まさに入神の状態で、恍惚の境地だった。

仕事には厳しかったが半面情味もあった。少年達が教えを乞うと何時間でも納得のいくまで教えた。少年の体調の悪い時などすぐに二階に上げて休ませた。少年達は二階を改造して、そこで寝起きさせていた。

藤井の頃、いつも空腹を抱えていた経験があるので、賄いには気を使った。資金繰りに悩みながらも十分な量の食事を出した。ご馳走であるうどんは週に一回は食べさせた。

少年達の腕が上がると、他の工場以上の給金をはずんだ。しかし、給金は全部は渡さなかった。

「お前らが独立したり、所帯を持った時のための金や」

一部を引いて、その徒弟の名前で貯金をしてやった。

仕事の腕の確かさ、厳しさと情愛、重郎は少年達から絶大な信頼を寄せられた。

七

生活は苦しかったが、邦子と子供四人との生活は順調だった。邦子は転がり込んできた常次と常弥も自分の子供と分け隔てなく可愛がってくれた。仕事一筋の重郎にも文句一つ言わない。良く出来た女房だった。重郎も、殆ど触れ合うこともなく死んだ千津への罪滅ぼしの意味からも、邦子との結婚生活は大事にした。といっても、何日も徹夜で働いたりする重郎であったから、やはり家にいる時間は少なかった。

明治四十年、日本中でコレラが流行した。重郎の家族では邦子がかかった。邦子は此花の隔離所に隔離された。病気が病気だけになかなか会わせてもらえない。何度も頼み込んでやっと面会が出来た。自分に伝染しても文句は言わないという誓約書を書かされた。子供達のうち常次だけを連れて入った。

隔離所の中は、収容された患者がひしめいて、うめき声があちこちから聞こえていた。血や膿のにおいが充満している。地獄絵図のような光景だった。

面会した邦子は変わり果てていた。明らかに死相のあらわれた顔だった。重郎を見るとかすかに笑おうとする。

「子供達をよろしく頼みますよ」

邦子はかすれた小さな声で途切れ途切れに言う。

「早く再婚して頂戴。優しい人とね」

重郎の後ろで常次が声をあげて泣いている。

邦子は、何日も経たないうちにあっけなく死んでしまった。後には四人の子供が残された。

死因が死因なので、遺体を引き取らせてもらえない。隔離所で簡単な葬式を行なった。

『ほんま、わし、おかんには運が無いわ』

重郎は嘆いた。涙がとめどなく流れた。

葬式が終わると、とりあえず女中を雇って家事や四人の子供の世話をしてもらうことにした。家事といっても工場の徒弟たちの賄いもある。そのための女中も雇った。これまでは賄いも邦子が見ていた。

『邦子は一人前の仕事をやっていたんやな』

改めて邦子に重労働を強いていたことがわかった。それが邦子の死期を早めたのではないかとも思われた。悔やんでも悔やみきれない気がした。

しかし、重郎には、悲しみに沈んでいる暇は無かった。一日も早く工場を軌道にのせなければならなかった。

八

青崎からの仕事が途絶えたある日、重郎が思案をめぐらせながら川口を歩いていると、ある店頭陳列に目が留まった。その店はアメリカのホーン商会大阪出張所で店頭にポンプが陳列してあった。

そのポンプを見ているうち、ふとこのポンプを製作してみたらどうかと思った。ポンプの用途は実に広かった。重郎は長く工廠に勤めた経験からそれを知っていた。例えば軍艦の製造でも、試運転、準備運転、公式運転にわたってあらゆる場面でポンプは使用された。工場だけではなく、揚水、排水、送水、灌漑、消防と水に関するあらゆる生活の場でポンプは必要だった。

重郎が大阪で初めて働いたのは藤井というポンプの金具を作っている店だった。自分の最初の製品としてポンプを思いついたのも、何かの因縁であるような気がした。

『金が無いから大けなもんは無理やが、ハンドポンプならいける。一つこれに挑戦してやろう』

小型のハンドポンプなら、工場だけでなく家庭にも使用範囲が広がる。

とりあえず工場の隅に転がっていたありあわせの材料で作ってみた。重郎のことだから取り掛かると没頭する。一週間ばかり、徹夜を続けた。食事も忘れるほどだった。やっと作り上げ、水を入れて試験してみた。勢いよく水が飛ぶ。重郎は躍り上がった。

「やった。やった」

さっそく土佐堀の浅井という弁理士に頼んで、特許の申請をした。

九

ところが、すぐに下りるものと思っていた特許が待てど暮らせど下りない。

弁理士の浅井から電話があった。

「松井さん、このポンプ、十数年も前に東京の鶴田という人が申請してますがな。特許は無理かもしれませんなあ」

重郎は、さっそく大阪一ポンプの種類を揃えている堀田商会へ飛んで行った。果たして浅井の言うとおり、重郎の工場のポンプと寸分違わないハンドポンプが陳列されている。

重郎はがっかりした。重郎と同じことを考えた人間が十数年前にいたのである。果たしてしばらくして、浅井から申請が却下されたと知らせてきた。

しかし、ふと疑問を持った。

『そやけど、おかしいな。十数年も経ってるのになんで売れへんかったんやろ』

重郎は首をかしげた。売れなかったのにはそれなりの理由があるはずである。

重郎は浅井に頼んで、鶴田の申請書を取り寄せた。それを首っ引きで読んだ。そうすると、その鶴田のポンプは内部の筒の部分のゴムの取替えが職人でも難しいことがわかった。ポンプはこのゴムの部分がよく擦り切れるのに、これでは修理が出来ずそのたびにポンプを新しく買い換えなければならない。

堀田商会に陳列されていたポンプも買って分解してみた。十数年の間に、申請書よりいろいろ改良されていたが、ゴムの部分は一緒だった。

『これや、これ。ここんとこを誰でも取り替えられるようにすればええんや』

また、ああでもないこうでもないと工夫に没頭した。そして、ゴムを張ってある筒をそのまま抜けるように改良した。抜いてしまえばゴムの取り換えは簡単だった。

『こうすりゃ、いつも買い替えんでもええ。このポンプ絶対当たるで』

そこまで改良して、もう一度特許を再申請した。今度はとんとん拍子に特許がおりた。

松井式ポンプと命名して売り出した。

重郎の思惑通り、この松井式ポンプには次々に注文が殺到した。

十

重郎のポンプはよく売れて、『注目の新製品』として新聞記事になったりした。

その噂を聞きつけて、思わぬ人間が自分も経営に参加させて欲しいと言ってきた。

重郎が金を借りていた木下だった。いたというのは、ポンプが当たりだして直ぐに完済したから、今は木下からの借金は無かった。

木下は、利益は折半で、合資会社という形式にしようという。

「そやけど、牡蠣船はどうされますのん」

「ああ、あれはやめや」

木下は事もなげに言った。なんでも同じような牡蠣船が増えて競争が激しく先の見通しが立たない、と言う。

「機械屋さんは将来性あるからな。今まであんさんには余計に金を貸してやってやないか。先行投資や思うたから貸したんや」

木下は恩をきせるように言った。これで、文句を言いつつも木下が融資に応じてくれたわけがわかった。高利の利子を取り、ちゃんと返済させておいて、先行投資もないものだと思ったが、重郎はこの話に乗ることにした。重郎としては事業を拡張したい一心だった。木下の資金で、『松井式ポンプ合資会社』が発足した。社長は木下、重郎が専務だった。

注文が殺到し始めると、現在の農家の工場では間に合わなくなっていた。拡張することも出来ず、新しい機械も置けない。早急にどうにかする必要があった。

重郎にはかねてより目をつけていた物件があった。その物件は青崎への納品などで大阪へ出る途中、淀川を渡ってすぐの本庄横道町にあった。『いつかはこんな工場で仕事がしてみたい』、その傍を通る時いつも思っていた。さっそく持ち主に交渉して貸してもらえることになった。

工場を移転し、機械を増やし、職工を多数雇い入れた。それに勢いを得たのか、ポンプはさらに売れていった。

重郎は既に三十四歳になっていた。長い長い工場遍歴に終止符を打ち、これから事業家への本格的な出発だった。

十一

合資会社にしてまもなく、木下が支配人を置くことを提案した。

「技術者としての重ちゃんは本物や。けど、会社をしっかりさせるためには経営をみる人がおらなあかん。支配人を置こうやないか。僕に心当りがあるわ。本人もぜひあんさんと組みたいと言うてるから」

重郎自身、若い頃の失敗から、自分は経営向きの人間でないことはよく知っていた。それで、木下の提案を、『良い人ならば』という条件をつけて承諾した。

しばらくして木下が連れてきたのが矢部という男だった。

矢部は内臓に疾患のありそうな土色の顔色をして、口の左上に大きなほくろのある男だった。一癖ありそうな矢部を一目見て、重郎は好感が持てなかった。しかし、聞いてみれば、矢部の親族には市会議員や会社経営者などの社会的地位のある人間が多かった。妻の父親、つまり義父は弁護士をしているという。そこで信用して支配人を任せることにした。

ところがこれが失敗だった。矢部は朝は十時頃出社して、夕方はまだ明るいうちに帰ってしまう。支配人といいながら工場には顔を出さない。そのくせ口は達者で、他の者が一言文句を言うとその何倍もの返事が返ってくる。

木下に矢部の経歴をただしてみると、木下は返事に困って口ごもっている。やっと重い口を開いて言うには、はっきりしない怪しげな仕事を転々としてきたらしい。その中には会社を作っては潰す、『会社屋』のような仕事も入っていた。

明治四十二年天満で大火災が起きた。焼失戸数一万一千戸以上、被災面積一・二平方キロ、いわゆる「キタ」をほぼ壊滅状態にした。この大火災で、松井式ポンプは爆発的に売れた。

その頃は職工の数は二十人を超えていた。

「もう合資会社やなしに、株式会社にしなはれ」

周囲からは当然のようにそんな声が起こってきた。もし、株式会社にするなら、松井式ポンプの代理店がこぞって株主になるという。事業を大きくしたい、そのためには株式会社しかないと思い始めていた重郎に異論のあるはずはなかった。

当時、株式会社の設立は許可制だった。許可となると設立を円滑に進めるためにもしかるべき人に動いてもらったほうがいい。代理店の一つ林田商会の支配人佐々木がその事務に詳しいという。そこで佐々木に設立事務をお願いすることにした。

十二

「どうでしゅやろ。女房の妹ですねん。女学校時代、学校一の器量良しといわれたこともありますねん」

邦子を亡くしたばかりの重郎に、矢部が自分の妻の妹との縁談をすすめた。重郎は気が乗らなかった。

「そりゃ、いっぺん会うてみたら良いがな。矢部もあんさんみたいな上り調子にある人間と縁戚関係を結びたいんやろ」

社長の木下まですすめる。

重郎は仕方なく、長男の常次を伴って曽根崎の料亭で見合いをした。矢部の義妹はたしかに美人ではあったが冷たい感じで好意がもてなかった。

「あの人がおかんか。わい、嫌や」

常次も反対する。重郎は矢部に断った。それが気に入らなかったのか、それから矢部は重郎に対し、腹に一物持つようになった。

「株式会社はまだ時期早尚ですわ。やめた方がええんちゃいますか」

矢部は株式会社化に反対だった。松井式ポンプ合資会社はまだ基礎ができていない、というのが理由だった。しかし本心は自分を置き去りにして株式会社化の話が動いていくのが面白くなかったのだろう。このままでは自分の居場所がなくなるおそれがある。といって、大店の支配人の佐々木とブローカー上がりの矢部とでは格が違いすぎた。

「今株式会社にしたら絶対失敗しまっせ」

矢部は社長の木下に直訴した。しかし、木下は株主の一人になることになっていたから反対する理由が無かった。

「もっと先に延ばせせんやろか」

矢部は重郎にも迫った。しかし、重郎は無視をした。

十三

発起人の佐々木は徹底的にこの矢部を嫌った。

「あの男はあきまへん。あれは疫病神でっせ」

佐々木は一目で矢部の人柄を見抜いたみたいだった。設立の手続きもわざと矢部を蚊帳の外においてどんどん進めていく。矢部を株主の一人にも入れなかった。

「創立総会前にやめてもらった方が良いでっせ」

どうしても矢部を好きになれない重郎も同意した。

「僕もどうもあの人は苦手や。そうするしか仕方ないやろな」

それで、矢部の退社について社長の木下の了解を取ろうとした。

「僕が連れてきたからな。責任もあるわ。矢部と話してみるさかい、ちょっと待ってや」

木下はそう言ったが、なかなか矢部に話そうとしない。

ある日、佐々木が血相を変えて会社に駆け込んできた。手には謄本を持っている。

「大変や。いつの間にか矢部が専務になっている。あいつほんまにとんでもない奴ちゃ」

謄本を見ると確かに重郎が技術担当の専務、矢部は事務担当の専務になっている。

「これどういうことやねん」

重郎は矢部を問い詰めた。

「どういうことって、それ、社長の了解を取ってますがな」

矢部はけろりとして言う。

重郎は木下も問い詰めた。木下は狼狽していた。

「そんなん、了解したかいな。そう言えば会社に入ってもらう時そんな話をしたかも知れんな。そやけど約束なんかしとらんけどなあ」

木下は弁解ともとぼけともとれる返事をした。しかし、矢部に退社してもらうことは観念したようだった。

「あしたでもきっぱり印籠をわたすよってな」

矢部にはそれなりの金を払って退社してもらうことになった。

首を切られた矢部は黙って引込んではいなかった。弁護士の義父に相談して、株式会社設立の手続きの欠陥をついて、法的に重郎たちを抹殺しようとしたのである。

第六章　人生七転び八起き

一

晴れて無罪となったが、さてこれからどうするか、重郎は思案した。

生まれて初めて監獄につながれる身となって、重郎は改めて自分や自分の人生というものを考えてみた。十三歳で大阪へ奉公に出て以来、二十四年の歳月が流れている。重郎はいまや男盛りの三十七歳になっていた。

まず言えることは自分が無学であるということである。幼くして父を失い、貧しい家に育った重郎は正規の学校教育を受けることが出来なかった。

また、自分は機械一筋に生きてきた人間である。鍛治屋にあこがれた幼少時代、苦しかった大阪での奉公生活。その後も、大阪をはじめ呉や長崎などあちこちの工廠や工場を憑かれたよう転々と渡り歩いた。それもこれも技術を磨きたい、立派な職工になりたい、その一心だった。

重郎には『機械小僧』という綽名が付いていた。重郎も自分が『機械小僧』であることを認める。そう呼ばれることに誇りを持っていた。重郎にとって、機械は命の次に大事なものだった。清らかな回転、美しい火花、作り出される調和の取れた製品。機械は愛情を込めて接するとそれに応えてくれる。裏切ることはない。重郎と機械の関係にうそ偽りは無かった。機械の前に立つとき重郎は真に生きていることを感じる。

これまでもそうであったし、これからもそうであろう。自分は自分のままであろう。なら、ひたすら精進するだけである。

『このまま、行き着くところまで行くしかないわ』

そう思うと、幾分心が落ち着いた。

二

監獄にいても一日として忘れたことの無い工場だった。初めての日、重郎は少し早めに工場に出た。長い間留守にした工場の中をゆっくりと点検していった。

『さて、これからどないしよう』

機械を点検しながらも重郎は思案した。これから『機械小僧』として生きるのは良いとしても、差し当たってこの工場での進退をどうするのかの問題が残っていた。松井式ポンプは相変わらずよく売れている。社長の木下も重郎が工場に出てくると思っている。自分に非はないのであるから、重郎が会社に戻ることは何も問題はないはずだった。

工場生活しか知らない重郎は、これまで接してきたのは工場の中で出会う人間ばかりだった。そんな重郎にとって、木下や矢部は初めて接する型の人間だった。

『そういえば、牢屋にかて、いろんな人間がおったやないか』

あの狭い牢獄にも名倉をはじめ複雑な過去を持つ人間がひしめきあっていた。短い時間であったが、牢獄生活は重郎には強烈な体験だった。

『木下や矢部、それに牢屋、ほんま世の中にはいろんな人間がおるもんや』

重郎はつくづく自分が世間知らずだったと思う。

『一回は違う人間の意見も聞いてみろ』

養父の東山の忠告も思い出された。

『これから会社をやっていくんなら、ああいう連中ともうまく付き合っていかなあかんのやな。おとんの言うとおり、これからは、あの連中の意見にも耳を傾けなあかん』

重郎はそう思った。

三

しかし、重郎の出した結論は別のものだった。重郎は会社を辞めることにした。矢部はもう辞めてもらったが、会社の乗っ取りを図った佐藤はまだ株主のままである。自分を陥れようとした佐藤の顔など見たくもなかった。しかし、佐藤は株主だけではなく松井式ポンプの代理店でもある。どうしても取引で顔を会わせないわけにはいかない。

また、考えてみれば社長の木下からして疑わしい。重郎の見えないところで、矢部や佐藤達と何を画策していたか知れたものではない。

このような信の置けない人たちの間で仕事を続けることはどうしても出来なかった。

『自信・人信・天信』

これを言ったのは長崎時代の友人の倉本だった。

『人から裏切られた時、僕はそこを去る』

倉本の決然たる口調を思い出す。自分は人から受けた信は絶対に裏切らない。しかし自分の信が人から裏切られた時、その場を去るだけだった。

『自分が人を信じたかどうかが大事なんや。自分は信じた。けど裏切られた』

東山の言うように、腹の知れない人達とも、それを十分承知した上で付き合うことが必要なのだろう。生きていく上では東山の意見の方が正しいと思った。しかし、重郎にはどうしてもそれが出来なかった。

『わしの気持、天はちゃんと見てくれてはるわ』

迷うには迷ったが、やっぱり重郎は身を退くことにした。木下に辞表を提出した。

四

「重ちゃんは悪うないやんか。なんでやめるねん」

重郎の辞表を見て、木下はびっくりしていた。

「今度こそ重ちゃんの思うようにやりなはれ。やめることなんかないやんか。あの連中を逆に訴え返してやりなはれ」

しかし、木下は一度言い出したら後には引かない重郎の性格を知っている。

「やっぱり駄目か。わしには重ちゃんという人間ようわからんわ」

木下はしぶしぶ辞表を受け取った。木下には、職人気質を貫く重郎のような人間は理解の範疇外だったようだ。

佐々木にも辞意を告げた。

「やっぱりやめはるのか」

佐々木は重郎の辞職を予期していたようだった。

「木下さんも食えん人間やからな。人間は悪うはないんやけどなあ。人の言うことにすぐ動かされるんや」

何のことか分からず重郎は聞いた。

「何ぞあったんですか」

「それが、僕も調べてみたんですがな。そしたら会社乗っ取りの話は矢部から佐藤さんのところに持って行ったらしいわ。佐藤さんは木下さんも巻き込もうと思うて、木下さんに近付いたんやけど、結局木下さんは動かへんやった。そやけど松井さんが牢屋から出るのが遅かったら、木下さんもどう動いたかわからんやった。」

重郎には驚くことばかりだった。

「これ、松井さんに言うた方が良いのか、言わない方が良いのか迷いましたんや。けど言うて良かった。松井さんが何も知らんままこの会社をやめるのは良くないことやったから」

やはりそうか、重郎は自分が辞めたことは間違いなかったと思った。

重郎が辞めると、数人の徒弟が一緒に辞めることになった。重郎にあくまでついて行くという。いずれも重郎がポンプ開発をしている頃からの連中である。会社は、これら工場の中核になっている人間を失うことになった。

五

また再出発である。二十歳の時の失敗からすると、三度目の再出発だった。今回も荒波に放り出されて、何もかもゼロから始めることになった。

松井式ポンプの特許権は合資会社においてきたので、重郎の自由にならなかった。しかし、それは気にならなかった。もともと自分のアイデアであったし、それ以上のものを作る自信はあったのである。

前回はハンドポンプで当てたのであるが、今度は大型ポンプに挑戦しようと思った。大型ポンプの開発には資金が不足していたが、ハンドポンプの技術の蓄積がある。何とかなるのではないかと思った。

新工場は上福島に求めた。社名は「松井製作所」とすることにした。今回のことに懲りて、会社組織にもしなかった。再出発でもあるので、用心深く前進することにした。

しばらくすると、松井式ポンプ合資会社を辞めた徒弟達が入ってきた。皆重郎を慕ってどこまでもついていくという連中だった。

彼らも、すでに少年の年齢を過ぎて、立派な大人である。もう徒弟とは呼べない。一人前の職工になりかけている。所帯を持ってもおかしくない年頃である。彼らを大人として処遇できるようにするためにも、一日も早くこの新工場を軌道に乗せる必要があった。

時あたかも、病状の悪化が伝えられていた明治天皇が崩御された。辻々で号外売りが鈴を鳴らしている。しばらくして年号が明治から大正に変わった。崩御に打ちのめされていた国民にも次第に新しい世への期待が芽生え始めた。

『日本も大正になって再出発や。わしも大型ポンプで再出発や』

重郎も自分を奮い立たせた。

六

重郎は、この新しい工場で、寝てもさめてもポンプの改良に明け暮れた。かつて中津の工場で孤軍奮闘したときと同じように、今回もふと思いついたヒントに夢中になって夜を明かしてしまうことも幾度かあった。

しかし、今回も先立つものは金であった。いくら良いアイデアが浮かんでも、それを具体化するには機械や材料が必要だった。それらのものを買うお金が無い。今回はポンプで儲けたのでいくらかの資金は持っていた。しかし、出費はいくらでもかさむ。みるみるうちにそれらの金は無くなっていった。

重郎はあちらこちらに資金の融通を頼んで回った。悪戦苦闘の日々が続いた。

その頃、重郎は長崎の造船所で仲の良かった倉本の夢をよく見るようになった。

重郎が倉本一家の布団にもぐりこんで川の字に寝たことなどの夢を見た。

『倉本はどないしてるやろ。ほんまご無沙汰やわ』

独立してからは仕事に追われどうしで思い出すことも無かった。

『いまあいつがいてくれたらなあ。ほんま助かるのに』

それで重郎は倉本に手紙を出してみた。倉本は相変わらず『渡り鳥生活』だろうか。そうしたらもう長崎にはいないかもしれない。

まもなく返事が来た。しかし、それは倉本の妻からで内容は倉本の死を知らせるものだった。倉本は、工廠から頭が痛いと早退して帰った。家で寝ていたが、翌朝、布団の中で死んでいた。死因は心臓発作だった。

重郎はがっかりした。どうして倉本の夢をよく見たのだろう。どうして懐かしくなって手紙を出したのだろう。虫の知らせだろうか。

しかし、重郎はうまく言えないながら倉本らしい死に方のような気がした。黙って生きて黙って働いて黙って死ぬ。それは職工らしい死に方だった。

倉本の人生は、工場の煤けた窓や柱のような人生だったかもしれない。しかし、倉本は清廉な人間だった。だからこそ、重郎と倉本は気が合ったのだ。

『それで何がいけんのんや。それだけで十分やんか』

しかし、切なかった。重郎は工場を抜け出し堂島川の土手に上がった。夕日に染まった汚れた川の流れを眺めているとやたら涙が出てくる。

『泣いてくれ、泣いてくれ、僕のために泣いてくれ。君は今苦労しているらしい。でも負けちゃ駄目だ。きっと成功してくれ。君の後ろにはたくさんの僕達がついている。それを忘れないでくれ』

重郎にはそう言っている倉本の声がはっきりと聞こえた。

だが日々の生活は、重郎にそんな感傷に浸っている暇を与えなかった。

『天下が取れるようなポンプを作らなあかん』

二十四時間、いつもそのことで頭が一杯だった。いつの間にか倉本の死の悲しみも忘れてしまった。

七

世には不景気風が吹いていた。

その夜も伝手を頼って金策の算段に歩き回った。結局、話はうまくいかず疲れた脚で家路を辿った。無理して飲んだ酒のせいで頭痛もしている。

途中、天王寺の武徳殿の傍で浮浪者達が蹲っている。明治天皇崩御で日本中が大騒ぎをした大正元年は過ぎて大正二年になっていた。その年は、桜が咲くと同時に長い雨が降った。桜の花は満開を待たずに散っていった。梅雨の季節にはまだ早い。その冷たい雨の中で、彼等は雨に濡れながら身体を寄せ合うように何人かづつ固まっている。暗がりに目が慣れるにつれ、浮浪者の数が夥しいものである事がわかった。

傍の広場の片隅では、テントが張られ、浮浪者達に炊き出しをしている。キリスト教会の幟が風にはためいている。炊き出しをしている連中の中に重郎と一緒に監獄に収監されていたあの学生によく似た若者がいた。若者はこざっぱりとした身なりをしていた。そのせいか最初は別人かと思ったが、見れば見るほどあの学生にそっくりだった。

賀川豊彦が、神戸の貧民窟新川で一膳飯屋の『天国屋』を開業したのはその前年だった。『天国屋』はわずか三ヶ月で閉鎖されたが、そのキリスト教の博愛精神に基づく貧民救済運動は大きな影響を与えた。あちこちの教会が同じような食事の提供を始め出した。この武徳殿の炊き出しもその一つだった。

このような浮浪者達を見ると重郎は他人事とは思えない。職を求めて砲兵工廠の門の前をうろついていた頃を思い出す。一歩間違えば自分も同じ身になっていた。また、今の事業も先が見えない。もし事業が上手くいかなければ自分もこれらの連中の群れに入らなければならない。『自分には技術があるからそこまではいかないだろう』、とも思う。しかし、先の運命はだれにも分からなかった。

重郎は若者の姿を見ていた。そのうち若者は皆から少し離れた。そこで大きな深呼吸をして蓬髪をぼりぼりと掻いた。監獄ではよく見た学生の癖だった。重郎は笑った。これで若者があの学生であることは間違いなかった。

学生は雨に濡れながら水を得た魚のように浮浪者の間で立ち働いている。学生を見ているうちにいつの間にか酔いも醒めていた。

八

これも金策の帰りだった。工場に帰るにはちょっと遠回りであったが、天神橋の通りを歩いて帰った。その通りの天満宮で祭りをやっている。祭りの夜店をぶらぶらとのぞいてみる積りだった。

夜店では盆栽を見て歩いた。重郎の唯一の趣味の盆栽はまだ続いていた。呉工廠時代、夜店で安い盆栽を買ってきて手入れをして以来だった。その後も、住居は転々としたがどこででも盆栽をいじっていた。

盆栽の枝を切る、辛抱強く丹精をこめてだんだんと好きな形に育てていく。完成するには何年もかかる。多忙な日々の中で、唯一時間の長さを感じられるのが良かった。

盆栽屋の脇で、少しばかりの骨董を売っている夜店があった。頑固そうな老人がきせるを加えながら座っている。並べられているものの中に木彫の古ぼけた仏像があった。顔の一部に焼け焦げた跡があるので、火事場の焼け残り品かもしれない。重郎はその焼け焦げた仏像の顔の表情に引き付けられた。仏は怒ったような笑ったような泣いたような表情をしていた。どことなく死んだ養父の東山にも似ていた。

「おっさん、これ何という仏さんや」

「知らん」

無愛想で取り付くしまもなかった。重郎はその仏像を買い求めた。

「兄ちゃん。これな、紫檀といって良い材料やで」

「仏さんの名前は知らんでも材料の名は知ってるんやな」

「そや、油でよう磨いてみい。みちがえるようになるがな」

持って帰った重郎は老人の言ったとおり油で磨いてみた。艶やかな木地が現れる。思い立って小刀で焦げた顔の部分を削ってみた。元来が手先の器用な重郎である。少し苦労をしたが、出来上がった仏像には怒ったような笑ったような泣いたような表情がはっきり現れた。それは死んだ東山にそっくりだった。

九

当時、天王寺に新世界という遊園地が作られていた。明治三十六年に天王寺で第五回内国勧業博覧会が開催されたが、その跡地を利用して市民の憩いの場となる大遊園地を作ろうという構想だった。

博覧会跡地の東側は天王寺公園として整備され。西側は北半分をパリのエッフル塔を模して通天閣が建てられ、南半分にはアメリカのニューヨークのコニーアイランドを模して遊園地が作られることになった。この遊園地はルナパークと名付けられた。

この計画は、当時未開発だった大阪市南部に、難波にも匹敵する歓楽街を建設しようという目論見だった。その背景には大阪市南部を並行して走る南海鉄道と阪堺電気軌道の競争があった。南海鉄道が千日前や道頓堀という大阪一の歓楽街を擁する難波を基点とするのに対して、阪堺電気軌道の基点である恵比須町周辺には何もない。そこで博覧会跡地に目をつけた。

また世は不景気であったが、この大遊園地建設が景気回復への起爆剤になればとの思いもあった。丁度元号が大正と改元されたのを祝福する意味もあった。

大遊園地には博覧会での遊具の建設や運営の技術が生かされた。さらにそれ以上の新しい工夫がこらされた。観覧車、メリーゴーランド、タワー等々。

通天閣とタワーの間にはロープウェイが架けられた。新世界を一望のもとにすることができた。

『楽園を横断し、飛行機の快をむさぼる……』

試乗した新聞記者がそんな感想記事を書いたりした。

ロープウェイと並んでもう一つの呼び物はローマの浴場を模した噴泉浴場だった。噴泉浴場は二重の円形浴場になっていて、外側は人々が入浴し、内側は中央に数メートルの高さから湯が滝のように落ちてくる仕掛けだった。

十

ところが、最大の呼び物となるはずの噴泉浴場の建設で厄介な問題が持ち上がった。湯を汲み上げて、どうどうと落下させ、その湯を再び上へ上げる。この装置を担当する技術者がいないのだ。大阪のあちこちを探した結果、重郎に白羽の矢が立った。

決め手となったのは重郎の工場の機械の優秀さだった。機械に目の無い重郎は、気に入った機械を見ると身体が疼いてくる。欲しくて欲しくてたまらない。資金繰りに苦しみながらも、それらの機械を買ってしまう。おかげで業界では、重郎の工場は町工場ではあったが、最新式の機械が揃っていることで定評があった。

重郎は即座に引き受けた。仕事がない時だった。仕事であれば何でも良かった。引き受け手を探して、発注に時間を取られたので、納期はきつい仕事だった。重郎は徹夜で大ポンプを作り上げた。わずか一週間で新世界に納品した。試験をしてみると結果は上々だった。本物の滝のようにしぶきを上げて湯は勢いよく流れ落ち、二十四時間その流れはとまることは無かった。

「まわりにこんな置きはったらどないですやろ。滝が映えますで」

重郎は、滝に緑樹や岩石を配置することを提案した。このようなことは趣味が盆栽である重郎には朝飯前のことだった。さらに滝の後ろに五色のライトを取り付けることを提案した。

「滝が五色のライトで照らされますで。滝の名前も五色の滝ですな」

この噴泉浴場は市民の大評判を呼んだ。入浴客が長い列をなした。

「滝が自然さながらに見えるやないか」

「田舎の温泉に入っているみたいや」

「ライトに照らされた湯に入っていると極楽にいるみたいやで」

十一

この新世界の実績は一挙に重郎の名前をひろめた。重郎が大阪の業界にデビューした最初の第一歩だった。

新世界の落成祝賀会は、長堀の料亭で開かれた。

大阪最大の事業の落成を祝うとあって、大阪中の主だった財界人が招待されていた。

重郎も招待された。

新世界建設の功労者に表彰状が贈られた。重郎も表彰された。

この席で、重郎は多くの財界人の知己を得た。その中には山本商店の山本玄道や窪田鉄工所の窪田四郎もいた。両人とも広島出身だった。

「松井君は何年生まれやの」

山本に聞かれた。

「明治八年生まれです」

「僕は文久三年生まれや。松井君とは一回り違う。若くてうらやましいなあ」

山本は尾道の出身だった。十六歳で大阪へ出てきて、洋反物店の丁稚となった。二十歳の時、洋反物問屋、山本商店を開業した。

玄道がまだ丁稚の頃、地方のお客から商品仕入代金として千円を預かったことがあった。その直後、その奉公していた店が倒産した。玄道は、すぐそのお客のところへ行き、預かっていた千円を返却した。お客は玄道の人柄に惚れこんで、その後独立した玄道の一番の得意先になってくれた。

この挿話から分かるように、玄道は信用第一の堅実な人柄だった。この人柄と身を粉にして働いたおかげで、この頃、山本商店は大阪でも指折りの有力問屋にのし上がっていた。

「松井君は広島のどこの出身なの」

窪田にも聞かれた。

「向洋ですわ」

「向洋？　広島にそんなとこあるの」

重郎の郷里は広島の中でも知られていなかった。

「窪田さんはどちらですか」

「僕は大浜や」

「大浜？」

「因島や、因島の大浜や」

因島は知っていたが大浜は知らない。知られていないことでは向洋とどっこいどっこいに思えた。重郎はこの磊落な窪田に好感をもった。

窪田は、明治三年に因島で生まれた。明治二十三年に独立して、鋳造所を開業し水道用鋳鉄管の製造を始めた。日本では、明治十年から横浜や神戸の開港場を中心に水道の敷設が始まった。最初は伝染病の防疫が目的で、外国船や外国人の多い開港場から着手された。そのうち、東京や大阪をはじめ全国の都市に順次水道は敷設されていった。ところが、過度の水圧のかかる水道管は国産出来ず外国から輸入していた。窪田は苦労に苦労を重ね、明治四十一年、鋳鉄管の回転式鋳造法を開発した。これにより外国産にも負けない品質の水道管の生産が可能になった。窪田の鋳鉄管は水道だけでなく、そのころようやく普及し始めたガスにも採用され、窪田鉄工所は大きく飛躍した。

「松井君、たまには広島県人会にも顔を見せてや」

二人には同じことを言われた。

十二

山本や窪田に勧められて、重郎も広島県人会の例会に顔を出してみた。会場は大阪ホテルだった。大阪一のホテル、大阪ホテルとはずいぶん気張ったものであるが、実際には階段のそばの小さな部屋が会場だった。そこでは大阪弁と広島弁の入り混じった会話が飛びかっていた。集まっているのは二十人余りだった。山本も窪田も出席していた。

「新世界の大噴泉を作らはった松井君です」

重郎はここでもみんなにそう紹介された。

例会は、短い講演の後、会食があった。その日の講演の講師は山本で、故郷の尾道の寺院に灯篭を寄付した話をした。

ここにいる連中のほとんどが大志を抱いて広島から大阪へ出てきた。下積みから身を起こし、やっと大阪でもその存在を認められた成功者ばかりである。苦労しているのは重郎一人ではないのである。それを知っただけでもこの会合に出てきた甲斐があった。

それにしては少ない出席者である。ここにいる成功者以外に多くの成功していない同郷の人間がいるはずである。

みんな和やかにしばしの時間を過ごしている。同郷の者同士、故郷の広島弁で語り合うのはとても心安らぐことであろう。

しかし、このような集まりとは縁の無い広島出身者達が多くいるのも事実である。重郎はその事実に無関心ではいられなかった。

十三

新世界での大型ポンプの成功は、重郎は大きな転機をもたらした。人間関係が大きく広がって、さまざまな知り合いができた。

その一つとして、新世界の技師の坂本や山田達が、重郎に援助の手をさし伸べてくれた。ポンプ開発にといって五百円ほどの資金を貸し付けてくれたのである。

「僕等は一緒でないと金は出せんけど」

当時の機械工業の世界では、技師は社会的地位が高く高給取りだった。それでも五百円となると大金で彼等は共同で出してくれたのだ。

上福島で工場を持ってはじめて握る大金だった。ましてこれまでのような高利貸からの金ではない。坂本達の気持がうれしかったし、有難かった。

「これで絶対に良いポンプを作ってみせます」

重郎は坂本達に誓った。重郎はこれを元手にさらにポンプの開発に邁進した。

開発に取り組んで一年余り経過した。ようやくポンプは完成した。特許を申請するとすんなりとおりた。大正型ポンプと命名した。大正と命名したのは新しい御世にふさわしい最新式ポンプ、の意味だった。今回のポンプは、前回のハンドポンプと違って大型ポンプだった。新世界での経験を生かして考案した。従って家庭用ではなく工業用だったので、売り込み先は役所や工場となる予定だった。

発売を始めると、大正型ポンプはその品質の良さで順調に売上を伸ばしていった。重郎も、九州や四国まで出張してポンプの据付や修理に奔走した。

松井製作所の経営も次第に軌道に乗っていった。それと共に個人営業から会社営業にし、合資会社松井製作所とした。

十四

市立工業に通う長男の常次に続いて、翌年には次男の常弥も市立工業に進学した。年齢では常次が二歳上であるが、学年は一年だけ上だった。長崎での登校拒否があって常次の入学が遅れたのがその理由だった。

仕事に打ち込む重郎はほとんど家庭を省みることが無かった。子供の教育にも無頓着だった。学歴の無い親にありがちな、子供を是が非にでも上級学校に進学させようと執着することもなかった。そんな放任にもかかわらず、子供達から相談を受けたわけでもないのに、二人の息子は技術者養成の工業学校に進学した。子供は、特に男の子は父の背中を見て育つというのは本当のようだった。

市立工業での息子達は勉強よりも野球に熱中していた。

ちょうどその頃、運動具屋の美津濃が近隣の中等学校に呼びかけて野球大会を始めた。美津濃としては自分の店の運動具を売ることが狙いだった。この試みは大当たりし、たちまち関西の中学生達の間に野球熱が拡がった。常次も常弥も野球部に入り、レギュラーを目指して一生懸命に練習した。しかし小柄な二人はレギュラーにはなれず最後まで補欠選手のままだった。

野球の練習のない時は当時流行していた模型飛行機をつくって飛ばしていた。雑誌の小型飛行機の写真を見ながら部品を一つ一つ作り組み立てた。設計図とて無かったからうまく飛ぶ場合もあれば、すぐに地べたに落ちる場合もあった。落ちた飛行機の翼の傾きを直したり削ったりしてまた飛ばす。工場の横手の空地で飛ばして、仲間同士で飛行距離を競ったりしていた。

このように遊び呆けていたから、市立工業での成績は余り芳しくなかった。しかし、重郎は何も言わなかった。

同じ頃、重郎には縁談話が持ち上がっていた。新天地の技師坂本の紹介だった。何でも坂本の親戚にあたるとかで、親は川口で工具や機械の商社をしていた。すすめられるまま坂本の自宅で見合いをした。会ってみると重郎好みのぽっちゃりとした顔や身体付きをしている。前妻の千津や邦子と違って口の利き方や所作に気の強そうなところがみえた。それが少々気になったが、四人も子供のいる家に後妻に入るにはそのほうが良いだろうとも思った。このままやもめ暮らしを続けるわけにはいかない。とりわけ、常次や常弥は難しい年頃になっている。そうも思って三度目の結婚をすることにした。

十五

大正型ポンプの製造で経営が軌道に乗り始めても、相変わらず資金繰りは苦しかった。坂本達が貸してくれた資金はポンプの開発で使い切ってしまっていた。売掛金の入金は遅れがちだった。業者や従業員への支払いに困る度に高利貸のもとへ金策に走り回った。

そんなある日、重郎は窪田鉄工所を見学に行った。それまで何度も窪田に誘われていたのだ。窪田鉄工所の本社工場は船出町にあった。南海鉄道の難波の近く、線路沿いにある江戸時代の幕府の米蔵の難波御蔵を抜けたあたりに工場があった。

窪田の工場では鉄管だけではなく旋盤も製作していた。

「鉄管はな、この不景気やろ。どこの市町村も水道工事を見送っている。それで、旋盤を作り始めたんや。もちろん鉄管はやめていない。一つの会社で複数の製品を作る。これを多角経営というんや」

重郎は感心した。窪田の言っていることは、『複数の商品を持て』という田中教授の助言にも通じるものだった。

重郎と窪田とはこれまで似たような人生を歩いてきた。年齢は窪田の方が五歳ほど年上であったが、どちらも同じ広島出身で、同じように大阪の鍛冶屋での丁稚奉公から世の中を出発している。

窪田も重郎も二十歳前後に独立している。しかし、挫折してもとの職工に戻った重郎に対し、窪田は浮き沈みに耐えながらずっと経営者を続けている。そこが、二人の大きな違いだった。

あちこちの工廠で技術の研鑽を積んだ自分の生き方が間違っていたとは思わない。しかし、経営者としては自分より窪田の方が有能であることを認めざるを得なかった。

重郎は技術者としての自分には絶対の自信を持っている。しかし、経営者としては窪田に大いに学ばなければならない、と痛感した。

「旋盤を作るのが昔からの僕の夢やったんです。将来は是非この方面に進みたいんでいろいろとそのやり方を教えて下さい」

「夢を持っていればいつかは作れるようになるよ」

窪田は笑った。

それから、しばらくして窪田が砲兵工廠の仕事を紹介してくれた。重郎にとって、工廠はなじみの場所だった。願っても無い話だった。

まもなく砲兵工廠から呼び出しがあった。「これを作ってほしい」と、砲弾の頭部を示された。これなら工廠時代扱ったことがある。請負金額は五千円だった。もちろん重郎は快諾した。

十六

それから、重郎は業者の一人として砲兵工廠に出入りするようになった。

その日も、重郎は受注した仕事の打ち合わせに砲兵工廠に行った。納期は今月の月末までだという。工廠では、発注したとなると無理を承知でせき立てる。受注そのものは難物ではなかった。しかし、この受注のせいで他の仕事の段取りの組替えをしなければならない。ポンプの納期がまた遅れることになる。

その打ち合わせの最中、重郎は監獄で一緒だったあの学生が工廠で働いているのを見た。重郎は目を疑った。監獄、天王寺の武徳殿、大阪砲兵工廠、と思いがけないところでばかり彼の姿を見る。学生の作業服姿は場違いで似合わなかった。機械の扱いもぎこちない。『機械小僧』の渾名をもつ重郎からするととても見ていられなかった。

「やっこさん、新人やな」

重郎は、発注担当の村瀬主任に聞いた。

「一ヶ月ばかり前に入廠した池田や」

「危なっかしいなあ。怪我せなええがなあ」

重郎は笑いながら首を振った。自分の工場の職工であれば怒鳴りつけるのであるが、工廠の職工となるとそうもいかない。

「今工廠は忙しくないんやろ」

らせていた。

重郎は天王寺の武徳殿で炊き出しをしていた池田の姿を思い出した。重郎は、あの時と同じように池田に反感は持てなかった。今でこそ、事業を軌道に乗せることに懸命であるが、あのまま職工を続けていれば、重郎自身友愛会や池田に共鳴していたかもしれない。

『今は立場が違うがな。そやけど、いつ自分もまた職工に戻るかもしれんからな』

十七

ところが、重郎と池田との間は、それだけでは済まなくなった。
きっかけは重郎が受注した半製品に多くの不良品が混じっていたことだった。
しの不良品が混じっていても重郎は我慢ならない。優秀な納品は、
らしか生まれない。時には欠陥品が一割近くも見付かっ
「何やこのざま、しっかりしてくれや。

重郎は村瀬に苦情を持ち込んだ。

「そら、あいつや。池田の奴や」

村瀬は、働いている池田の背中を顎でしゃくった。

「困るやんか。ちゃんと訓練してくれへんと」

「あんたが余分に来て教えてやってくれ。その分は払うがな」

「そやけど、僕は外部の人間やで」

「僕らは池田には何も言えへんのや。よろしゅう頼むわ」

結局、重郎は時間を取って、池田に機械の操作を教えるようになった。何人もの少年を預かった経験から、素人に仕事を仕込むのは重郎のお手の物だった。

直接接してみると池田は案外素直な男だった。重郎の指導にも文句を言わずに従う。みるみるうちに池田の仕事は正確になった。それもそのはずで中退した大学では工学部だったという。理路整然と噛んで含めるように教えると、ちゃんと理解した。少年達のような呑込みの早さはなかったが、一度腑に落ちたことは二度と間違えなかった。

十八

そのうち重郎と池田は、二人連れ立って梅田の路地裏の屋台に飲みにいったりする仲になった。酒の好きな池田が重郎を誘ったのが最初だった。

「松井さん、飲まはりませんね」

下戸の重郎を尻目に、若い池田はぐいぐい徳利を空けていく。

どちらからともなくお互いの身の上話をし始めた。話してみると池田は重郎と同じ広島出身だった。池田は母一人子一人の貧しい家庭に育った。母親は広島市に住んでいるという。寮費値上げ反対のストをおこして大学は放校になっていた。それからは、定職に就くことなく社会運動や労働運動に没入していった。現在二十四歳だという。

重郎も自分の生い立ちから工廠を渡り歩いて技術を磨いた話をした。

「へえ、松井さんは資本家ですか」

重郎が現在工場を経営していることを話すと池田は意外だという顔をした。

「池田君から見たら敵の人間やな」

重郎は池田をからかった。

「そやけど、松井さんはほんまはこっちの人間やで。あっちの人間にはまだなってへん」

「そりゃ、どういう意味や」

「僕には分かりますわ。敵の人間かそうでない人間かは」

「ますます意味が分からん」

「まあ、まあ、ここは酒を飲んでる場やんか。そんなことどっちかてかまわへん。要はお互い腹を割って付き合えるかどうかや」

池田は、細かいことを意に介する風はない。若いのになかなか性根も座っていそうである。重郎は案外この池田と友達になれそうな気がした。

重郎と池田は広島のあれやこれやの話題で花が咲いた。

「松井さん、『音戸の舟唄』知ってますか。僕は中学でボート部やったんでよくこれを歌いましたわ」

酔った池田は歌いだした。なかなかの美声である。路地の他の屋台から、首を出して池田の歌を聴いている者もいる。

池田は歌い終わると、屋台から出て深呼吸をして蓬髪を掻きむしった。

「その癖直らへんな」

「え、何がですか」

池田は無意識のうちにその動作をしているのだ。重郎が指摘すると池田は恥ずかしそうに笑った。その笑い顔は少年のようだった。

屋台に戻ると池田は真面目な顔になって言った。

「松井さんは僕に仕事を教えてくれた人や。恩を感じてます。そういう意味じゃ、松井さんのこと好きです。資本家がみな松井さんみたいな人ならええのに」

重郎はどう言っていいかわからなかった。

「僕もほんまは機械が好きで大学に入った人間や。いつかちゃんと基礎から機械のこと身に付けたいと思うてます。苦労ばかりかけた母に恩返ししたいんですわ。

その時はよろしゅうお願いします」

別れしなに重郎は池田と最初に出会ったのは監獄だった、と話した。

「どうりで、どこかで見たお人や思うたわ。そやけど監獄には何べんも入ったからあんまり覚えてへん」

池田は本当に思い出さないらしく何回も首をひねった。

また、天王寺の炊き出しでも池田を見たことも話した。

「ありゃ駄目や。あんな生ぬるいことやってちゃ世の中変わらへん。そやから僕は社会運動はやめて労働運動をすることにしたんや。それで友愛会に入ったんや」

池田の口調は吐き出すようだった。

第七章　街のざわめきを聞け

一

その頃、重郎は二人の人間と知り合いになった。二人とも、広島出身だった。

一人は大西喜代松といい、県人会で知り合った仲だった。

大西は、福喜洋行という工業薬品や染料を扱う会社を経営していた。といっても、実態は染料ブローカーで、年中染料の思惑買いや先物買いなどの投機的な取引をしていた。

「重ちゃん、広島県人はどかんと大きなことをせなあかんで、この大阪でなあ。大阪人は広島の人間を田舎猿いうて舐めとるからな」

県人会で酔った時の大西の口癖だった。

もう一人は山本嘉道といい、これは大西が連れてきた。山本嘉道は、山本玄道の妹の夫だった。つまり玄道の義弟だった。重郎は兄の玄道とは面識があった。例の新世界の落成祝賀会や県人会で何度か会っていた。

山本は、義兄と同じ洋反物を扱う山嘉商店を経営していた。しかし、これは表向きで、山本も大西と同じように洋反物の投機的取引をしていた。

大西にしろ山本にしろ相場師的な人物だった。木下や矢部で懲りている筈なのにまたもやこのような人間が重郎の周りに集まってきた。しかし、重郎一人では事業は出来ない。彼らの商機を見る機敏さ、事を聞くとすぐに駆け出す腰の軽さは、重郎には欠けているものだった。一方大西や山本は技術がわからない。これから機械工業が有望とは聞いていてもどこがどう有望なのか分からない。三人は、お互いがお互いを必要として相寄って来た。同年輩の三人はとても気が合った。

「そりゃあな。僕も十五歳で三次から大阪へ出てきて言うに言われぬ苦労をしたわ。薬品や染料の問屋やったけどな。朝六時から夜中の十二時まで働かされたわ」

酒がまわると、大西がくだを巻く。

「僕も尾道から出てきたのは十五歳や。山本商店に奉公したんやが、玄道は厳しい主人でなあ、朝から晩までとことん仕込まれたもんや。玄道の妹と結婚して、新宅を持たしてもろうたんやが、今でも玄道の前に出ると緊張してまともによう顔を見んわ」

大西に負けずとぐいぐい飲みほしながら山本も昔を振り返った。

二

嘉道に連れられて義兄の玄道の経営する淡路町の洋反物問屋、山本商店も訪ねていった。

「またあんさんみたいなお人を引張り込んでからに、嘉道も罪作りなことや」

玄道は、義弟の嘉道が重郎と仲良くなったと聞いて嘆息した。

「嘉道、松井さんに変な話を持って行くんやないで。この方はお前とは別の世界のお人やから」

嘉道は苦笑いをしていた。

「松井さん、嘉道の話は話半分に聞いていてや。これも馬鹿がつくほど人は良いんやけどな」

玄道は重郎にも忠告した。

玄道は重郎を奥の間に案内した。そこは、何十畳もあろうかという大広間で、正面には大きな仏壇が据えてある。部屋の薄暗さといい線香の匂いといいまるでお寺の本堂にいるようだった。

「あんさんは何か信心してはりますか」

仏壇に手を合わせながら、玄道は重郎に聞いた。実家は浄土真宗ながら、ほとんど仏壇に手を合わせたことのない重郎は何も答えられなかった。

「そりゃあきまへん。何か信心を持ちなはれ。私はな、宗派にはこだわっていませんのや。これ見てや。仏壇は真宗やが、お経は法華経や」

玄道は仏壇や経典を指差しながら説明した。

重郎はふと思い出していつか夜店で買った仏像の話をした。重郎が仏像の特徴を話すと、玄道が教えてくれた。

「そりゃ、お不動さんや。お不動さんはな、人間に困ったことがあったら身を挺して守って下さるんや」

玄道の店からの帰り道、嘉道は首を振りながら言った。

「ほんま兄貴の抹香臭いのにはかなわんわ」

その時から、重郎は玄道の影響で毎朝仏壇に手を合わせるようになった。仏像も仏壇の隅において手を合わせた。そのうち、重郎は仏像に話しかけるようになった。

『なあ、お不動さん。わてどないしたらええんやろか』

うれしいにつけ悲しいにつけ、重郎は仏像に話しかけた。東山によく似た仏像は、何も答えず、怒ったような笑ったような泣いたような表情を浮かべていた。

三

そのうち、三人はお互いの家にも行き来する仲になった。重郎も大西と山本の家を訪ねて行った。

大西は、福喜洋行からすぐ近くの本町に住んでいた。大西には子供がなく、病弱な妻と二人で住んでいた。重郎が行くと、妻は弱々しく笑いながらか細い声で話した。

「年上やねん。あいつが蒲柳の質やからな。家の中が陰気臭くてかなわんわ」

大西はよくこぼしていた。

それに反して山本の家は賑やかだった。山嘉商店は、淡路町の兄の玄道の店の近くにあった。店の二階で、妻と八人の子供と住んでいた。重郎が店に行くと、子供達が先を争って階段を駆け降りてくる。重郎がいつもお土産を持って行くからだった。重郎から土産を受け取ると、店先でお互い罵りながら奪い合う。子供達の後を追いかけて階段を駆け降りてきた妻が子供たちを叱りつける。

「喧嘩せずにみんなで同じように分けなさい」

土産に群がる子供達を見ながら重郎が笑う。

「八人分買ってくりゃ良いけどな。そうなるとおじさん重うてよう抱えんわ」

子供達を二階に追いやった後、妻は重郎にお礼を言った。

「いつもすみませんね」

山本の妻は、大柄な女だった。柄が大きいだけでなく声も大きかった。その声で、一日中子供や店員を叱咤していた。留守がちの山本の代わりに店を守りながら、八人の子供を育てていた。

山本はこの妻ととても仲が良かった。よく二人で連れ立ってあちこちに出掛けていた。重郎も、天満宮のお祭りで山本が家族一同を引き連れて歩いているのを見かけたことがある。巨体の山本とやはり大柄な妻が手をつないで歩いている。その姿は威風堂々という言葉がぴったりだった。その後を八人の子供がぞろぞろついて歩いている。その光景は壮観で、祭りに来た人が振り返ってこの一家を見ていた。

四

海軍からの注文は来る時はどっと来るが、来ない時は一つも来ない。入金は確実だから資金面では少し楽になったが、これではとても安定した経営が出来ない。

『やっぱりポンプ製造を本業にせなあかんな』

広島高工の田中教授からも、複数の商品を製造せよという助言を貰っている。窪田からも多角経営の必要性を聞いている。その後、呉海軍工廠から魚雷の頭部製造のまとまった注文が入ったりしても、傍らポンプの製造はやめなかった。

大正三年六月、セルビアの一青年が放った凶弾がオーストリア皇太子の胸を射抜いた。翌月にはオーストリアがセルビアに宣戦布告した。ロシア・フランス・イギリスがセルビアにつき、ドイツがオーストリアについた。ヨーロッパはにわかに戦雲に覆われた。まもなく第一次世界大戦が勃発した。八月には日本もイギリスとの日英同盟の関係からドイツに宣戦布告し、アジアでも大戦の火蓋は切られた。

世は風雲急を告げていたが景気は一向に良くならなかった。日本経済は慢性的な不況のトンネルからなかなか抜け出せないでいた。

大正四年になった。大戦はドイツ優勢で、ドイツ軍の猛攻でパリは陥落寸前だった。

長い低迷を続けていた日本経済が突如上向いてきたのもこの頃だった。ヨーロッパが戦場になり製品が作れない。足りなくなった物資をヨーロッパ各国は競って日本に求めてきた。

とてつもない何かが起こりそうだった。次に何が起こるか、日本中が息を潜めて待っているようだった。

重郎の周囲にもその前兆とも思えるような出来事が続いた。

五

最初に時代の波に乗ったのは、大西だった。

今回の大戦でドイツは開戦と同時に薬品や染料を禁輸した。これらがダイナマイトなどの化学兵器の材料になったからである。それまで日本は薬品や染料をすべてドイツに依存していたので、これらの製品があっという間に高騰した。大西はいち早く染料を買占め、大きな利益を上げた。大西はたちまちのうちに染料成金の一人になった。このあと多くの成金が続出したが、まずは染料や薬品の分野で多くの成金が現れた。

その大西が重郎の家にやってきた。重郎の目の前で、五千円の大金を目の前に置いた。

「どや、重ちゃん。この金で好きなだけ事業をやってみろや」

機を見るに敏な大西は、時代が大きく動き始めているのを察知していた。これから伸びるのは機械工業や化学工業だった。しかし、もともとが染料ブローカーの大西はそれから先どう動いていいかわからない。そこで、重郎にけしかけてきたのだった。

相場師は、金を掴んだ時、堅気の仕事につきたがる。変転の激しい世界で生きているだけに、堅実な足場を持ちたいと思うのだろう。その投資先が名の通った会社でなく重郎だったのは、同郷のよしみでというだけではなく大西が重郎の事業や腕や人柄を見込んだからだった。

そんな大西の思惑はともかく、資金繰りに窮していた重郎にとってのどから手が出るほど欲しい資金だった。

六

その日、重郎は朝から胸が高鳴っていた。その原因が分からない。最初は夏風邪でもひいたのかと思った。しかし、そうではなかった。身体はぴんぴんしている。何かが起こりそうで、それがわからない不安だった。その不安が重郎を意味も無く興奮させていた。

砲兵工廠との仕事の打ち合わせの行き帰り、重郎はよく大阪駅の前を通った。夏の炎天下の昼下がり、その日も大阪駅は人でごった返していた。

群衆の中で、万歳、万歳と大声が聞こえる。中国大陸へ出征する兵とそれを見送る一団だった。この頃頻繁に見かける光景だった。ドイツに宣戦布告した日本軍はドイツの租借地青島を占領している。これらの兵士達はさらなる戦争へ駆り出されて行く。

別の方角からは、広島弁が聞こえてきた。重郎が振り返ると、小さな風呂敷包みを背負った十五、六歳の少年が壁のそばに立っている。少年は初老の男と話していた。その場の雰囲気から少年は大阪へ職を求めに来たようだった。相手の男はその世慣れた風から職を斡旋するブローカーであろうか。少年と男は何か言い争っている。しかし、少年の広島弁は、男の大声の大阪弁に太刀打ちできない。とぎれとぎれに聞こえる少年の言葉から、話が違うという内容らしかった。しばらく二人は言い争っていたが、少年の方が観念したらしい。少年は男の後に従った。そこを立ち去りながら、少年は涙を拭いていた。

胸の動悸がだんだん激しくなる。ひょっとして大阪駅の雑踏が原因かもしれない。そう思って急ぎ足で大阪駅を離れて、薄暗がりから夏の光のぎらつく駅前に出た。

「あんさん、ちょっと待ちなはれ」

足もとから強い口調で呼び止められた。見れば、あの監獄で出会った占い師の老人であった。老人は駅の出口に座って暇そうに占いの客を待っていた。

「あんさんには近々仕事で大当たりなさる相が出ている。そやけど、あんさん、人には気を付けなされ。あんさん、人間関係で躓きなさるぞ」

老人は重郎の手首をつかんで手相を見ようとした。着古した着物、白い顎鬚、狂気を帯びた目、監獄の時と同じだった。勿論、老人は重郎を覚えてはいない。

重郎は、胸を押えながら、大急ぎで老人の手を振り払った。駅前広場を走って横切りながら工場への道を急いだ。

工場へ近づくにつれ、近くの民家から全国中等学校野球大会を実況するラジオ放送が流れてくる。

運動具屋の美津濃の始めた中等学校野球大会は、この年から朝日新聞が引き継いで全国大会とした。第一回全国中等学校野球大会は豊中球場で開催された。大戦のニュースをよそに、国民はこの全国中等学校野球大会に熱狂していた。みんな家に引きこもって、ラジオから流れてくる実況放送に聞き入っていた。放送の間は、通りから人の姿が消えた。

帰り道にも道には人通りが絶えていた。ただ聞こえるのは、少年たちの熱闘を伝える放送の甲高い声とその後の観客達の大きなどよめきだけだった。

いつもの大阪の街のざわめきだった。この街は一日中ざわめいている。そんなざわめきの中、重郎一人が得体の知れない動悸におののいている。そのうち、身体が震えてきた。息をするのさえ苦しい。汗が流れてくる。立っているのさえ辛い。重郎は通りの側に寄ってとうとうその場に座り込んだ。

七

その夜は、重郎はまんじりともできなかった。得体のしれない動悸が一晩中、重郎を捉えて離さなかった。こんな経験は初めてだった。

翌朝早朝、まだ外は暗いというのに、山本が息を切らして工場へ飛び込んできた。

「重ちゃん、仕事や、仕事やで。それも飛び切りの」

山本の話では、私用で東京へ行った時、この話を小耳にはさんで、急いで大阪へ引き返してきたという。

「ロシアからの仕事や」

そう言いながら、山本がカバンから取り出したのは小さな信管だった。

「二百万個もの注文や。百個や千個と違うで。とてつもない大仕事や。こんな仕事逃がす手はないで。重ちゃんやりいな。重ちゃんならきっとやれるわ」

道理で山本が興奮しているはずである。重郎も耳を疑った。朝から山本の巨体が汗だらけなのはあながち夏の暑さからだけではなかった。

「とにかく、検討してみなな。原価の方も計算せなならんし」

重郎は、震える声で答えた。さっきまでの動悸が一度に消えている。足が地につかない。空を飛んでいるみたいだった。どうやら昨日からの動悸の原因はこれのようだった。

「よし、僕はこれから東京へ引き返すわ。受注の交渉や」

ろくに重郎の返事も聞かないうちに、山本は自動車で大阪駅に向かった。

「ええか、重ちゃん、いまさらできません、なんか言いよったら殺すからな」

立ち去り際、山本はそのぎろりとした目で重郎を睨みつけた。

八

第一次世界大戦が始まるまで、ロシアで兵器の製造を担っていたのはロシアに住むドイツ人の技師達だった。大戦が始まると、それらドイツ人達はロシアから国外追放された。工場は止まってしまい、このままでは戦争の続行も困難になる。困ったロシアは外国に兵器を求めた。しかし、ヨーロッパは戦場である。そこで新興工業国として発展著しい日本に注目した。いくつかのロシアの兵器商社が秘密裡に来日して、発注先を探しはじめた。

多くの兵器が工廠に発注された。しかし、ロシアは民間の発注先をも探した。日本は今大戦ではドイツに宣戦布告をして、中国大陸で戦火を交えている。しかし、ヨーロッパの戦場からは遠く、ヨーロッパで戦っている国々からは、いま一つ信用されていなかった。隙あらば漁夫の利を狙う国とみられていた。したがって、一朝あった時のことを用心して民間にも発注を分散させた。

しかし、民間で発注先を探すのは予想以上に困難だった。当時の機械工業界では工廠が群を抜いて実力を有していたが、民間の機械工業の力は貧弱そのものだった。東京だけでなく大阪にも発注先を探した。山本が持ち込んだのもそういう発注の一つだった。

山本が帰った後、重郎は図面を見ながら信管を分解してみた。全部で四十八個の部品があった。それから、頭を捻りながら材料費や人件費の原価を計算してみた。その結果、一個当たり二円三十五銭で出来ることがわかった。

九

間もなく、山本から電報が入った。『一週間以内に試作品を作れ』という。

重郎は、職工全員を集めて、檄を飛ばした。

「こりゃ会社始まって以来の大仕事や。みんな寝ずに頑張れ」

それから一週間、全員ほとんど寝ずに試作品作りに没頭した。

一週間経つとまた山本から電報が来た。

『試作品を持って上京されたし』

重郎は取るものもとりあえず上京した。

「重ちゃん、首尾は上々やで」

東京駅で出迎えた山本は上機嫌だった。ステーションホテルの一室で山本はこれまでの交渉の経過を話して聞かせた。

交渉の相手は、ロシアの兵器商社クズネソーフ商会のニコライという支配人兼技師だった。もう半年前から、帝国ホテルを常宿にして発注先を探しているという。

「モシ、コノミホンドウリノシンカンガツクレルナラ四百マンコハッチュウシマショウ。ソレヲ四円三十銭デカイトリマショウ」

そうニコライは確約したという。話はさらに大きくなっている。

重郎は、山本に、苦心惨憺はじき出した見積書を見せた。

一個四円三十銭なら、売上は千七百二十万円、もし重郎の試算した原価通りに作れるなら、原価は九百四十万円、利益は実に七百八十万円となる。

山本は身震いをしている。豪胆で鳴らし、大阪の相場界で多くの修羅場を踏んできた山本だったが、見積書から計算される数字に興奮していた。重郎も同様である。『落ち着け、落ち着け』、重郎は身震いをこらえながら自分に言い聞かせた。釣り上げたのはとてつもない大魚だった。

山本に連れられて、ニコライに会いに帝国ホテルに行った。

ニコライは血色の良い太った男だった。重郎が差し出した試作品を仔細に検討した。しばらくすると赤鬼のような顔をほころばせた。

「コレナラダイジョウブ。ハッチュウシマショウ。ヨロシクオネガイシマス」

これで話が決まった。昨日まで何千円かの仕事に一喜一憂していた大阪の場末の町工場が、とてつもない大仕事を手に入れたのだ。

十

ところが、この事業には巨額の資金が必要だった。その資金をどうするかの大問題が残っていた。ニコライは交渉に当たって保証金百万円と、契約に違反した場合の七十万円の違約金を要求した。違約金はともかく保証金の百万円をすぐに用意する必要があった。

山本は東京に残って資金調達に奔走することになった。

初めての東京ではあったが、重郎は皇居の遥拝もしないいままだった。

「これから何度も東京には出てこなあかんようになる。そうすりゃなんぼでも拝めるわ。まあ皇居はその時の楽しみやな」

山本は笑いながら大阪へ帰る重郎の肩を叩いた。

大阪に帰った重郎に山本から逐一電報が入る。

山本は政界や財界の大物達に援助を仰いだ。しかし、誰もが断った。

彼等が断った理由は、まず、融資額が巨額であったことである。それと信管製造に対する無知があった。彼等は、一様に信管製造について工廠に問い合わせた。

『工廠でも信管は作っているが、その製造はなかなか困難だ。技術的にももちろんだが、製造組織を作ったり、集めにくい材料も揃えたりする必要がある。民間ではまずそれは無理だろう。それに四円三十銭で請け負うというが、工廠では六円三十銭で受けても損をした。採算的にも話にならない』

山本からは何度も電報が入った。その度に重郎は東京に呼び出された。山本が冗談で言った通り、東京には足に血豆ができるほど出向くことになった。重郎は、交渉の席で、信管を示し、計画書を開きながら、この事業の有望性を語った。

皆、町工場の主である重郎からしたら雲の上の存在だった。最初は緊張したが、そのうち慣れて度胸が出てきた。偉い人とは言いながら技術には素人ばかりである。コツを覚えると、目の前の信管そっちのけで、これからの日本の機械工業の将来についていて自分の見解を披歴して、お歴々を感心させたりした。

しかし、そのことと融資は別である。重郎と山本は自動車で東京中を走り回った。東京駅のプラットホームで、山本が肩を落とす。これから大阪へ帰る重郎も疲れ切った顔でうつむく。失望と落胆で二人はため息をつきながらお互いの顔を見つめ合うばかりだった。

大阪へ帰った重郎にしばらくすると『駄目だった』との山本からの電報が届く。

その繰り返しだった。

十一

暑い夏も陰りを見せ、秋が忍び寄って来た。二、三日突然季節外れの寒い日が続いた。それまでほとんど病気らしい病気をしたことの無かった重郎が、珍しく風邪を引いて寝込んでしまった。一日工場を休んだだけで治ったが、先日来の東京での金策の心労が原因であることは間違いなかった。あれほど勢い込んでいただけに落胆も大きかった。

翌日から工場に出たが身体から力が抜けたようだった。

ところがその日は思いがけない吉報がもたらされた。

「イマオオサカホテルニイル。シキュウアイタイ」

ニコライからの電報だった。重郎は大急ぎでホテルに向かった。

「コノケイヤクハ山本サンデハナク松井サンアナタトケイヤクシマセンカ」

何のことかわからない重郎は怪訝な顔をした。

「山本サンハドウモタヨリナイ。ウソバカリツイテイル」

ニコライはどうやら山本が資金繰りで頓挫していることは知らないようだった。豪傑で鳴る山本がニコライに頼りないと切って捨てられるのはおかしかった。重郎は返事に窮した。

「松井サンニウケテモラエルナラホショウキンハイリマセン。山本サンダカラアンナジョウケンヲダシタノデ、松井サンノギジュツリョクハシンヨウシテイル。ダカライラナイノデス」

保証金が要らないなんて思いがけない話だった。それだけロシア側は切羽詰まっているともいえた。業を煮やしたニコライが大阪へやってきた理由がこれでわかった。

「山本とも相談しないと。山本はこれまでいろいろ動いてくれているし」

はやる気持を抑えて、重郎は返事を留保した。山本を外して抜け駆けをはかるなど考えられなかった。

「ソレハソウデス。モシソウシテモラエルナラマツイサンニハオカネガナイコトハシッテイマス。五十マンエンノシタクキンヲダシマショウ」

保証金をまけた上に支度金まで渡してくれる。これで資金問題は一挙に片付くではないか。何という思いがけない急転直下の展開だろう。重郎は躍り上って喜びたいた気持を懸命に押えた。

十二

「そりゃ、ええ話や。重ちゃん、やろう、やろうな」

ニコライからの吉報を話すと、山本は大喜びした。

「そやけど、これまであんたがさんざん苦労してここまでこぎ着けたのに」

「僕の事は何にも気にせんで直ぐに契約しいな」

山本はこれまでの経緯などまったく意に介した風は無かった。重郎の方が拍子抜けするほどだった。

さらにもう一つの吉報がもたらされた。吉報は続く時には続くものである。

ひょっこり大西から電話があった。

「あんたら、僕を忘れとるんとちゃうか」

電話の向こうで大西は少し不機嫌だった。山本と隠密裏にことを進めていたのでこれまで大西を引っ張り込むことは考えてはいなかった。

「嘉道がむつかしいなら僕が工面してもええで」

隠してもこういう情報は洩れやすい。大西は、噂を聞きつけたのかもしれない。あるいは山本が大西に話したのかもしれない。

これまでの金額の大きさからいって、いかな染料成金の大西でもそんな大金は用立てられまい。しかし、今は保証金はいらない。それなら大西にも頼める金額だ。それでなくても資金はいくらあっても良い。勿論重郎にとって願ってもない話だった。

「ほんならお願いしまっさ」

「ほな、今日中に使いの者に持参させるわ」

重郎が言った金額を、大西は二つ返事で承諾した。

「ほんま、仲間はずれにしてからに、あんたらも水臭いで。僕はあんたらとは墓場まで一緒に行こうと思うとるんやで。それを忘れんといてや」

大西は笑いながら嫌味の一つも言った。

十三

契約は大阪ホテルで結ばれた。

契約とともに、松井製作所を株式会社にした。これほどの大仕事をするのだから株式会社の方がふさわしかった。今度は松井式ポンプ合資会社のときのようなへまはやらないよう、弁護士を雇って設立の手続きを進めた。

組織も改めて、出資者の大西を社長にし、重郎は専務となった。大西は技術はわからないので、工場の実務を仕切るのは重郎一人だった。他に顧問として軍の平野少将を迎えた。

信管の受注に大活躍した山本は、それ相当の礼金は払ったが、新会社には入らないことになった。大西が反対したのだ。相場師の山本には年中きな臭い話が飛び交っていた。また大西が主に北浜の株式取引所で相場を張っているのに対し、山本は大阪三品取引所を主な舞台にしていた。相場師同士、お互い仲が良いようでいて仲が悪かった。門外漢の重郎にはわからなかったが、金だけで動いているように見える相場の世界にも派閥や相性があることを知っておかしかった。

「僕は事業を立ち上げるのが好きなんや。もう次の事業に取りかかってるわ。重ちゃん、後はよろしゅう頼んまっせ」

山本はそう言いながら気を悪くした風もなくあっさり身を引いた。

この事業を始めるにあたって、有能な支配人を配する必要があった。重郎の会社から抜擢しようとしたが、今回の事業は桁違いに大きいので、それらの連中では歯が立たない。社外からいろいろと物色したが、最初の会社の設立に動いてもらった林田商会の支配人佐々木を引っ張ることにした。佐々木はまだ、林田商会の支配人をしていたが、重郎のためならばと林田商会を退職して引き受けてくれることになった。

また、新世界の技師である坂本達も誘った。坂本達は発足間もない重郎に資金を提供してくれた。もう完済していたが、あの時の有難さは忘れることは出来ない。ところが坂本達は参加しないことになった。

「僕等は遊園地が夢があって好きなんや。話は有難いけど一生遊園地の技師でやっていきますわ」

重郎は松井製作所の株式を贈ってささやかながらかつての恩に報いた。

十四

契約を結ぶと、ニコライは毎日矢のような催促を始めた。

「松井サン、シンカンハイツモラエマスカ。イチニチモハヤイホウガイイ」

重郎は早速行動を始めた。まず新工場を建設する必要があった。その工場には大量の工作機械も必要になる。

機械の方は、契約が成立したその日から手をまわしてどんどん購入した。佐々木と二人で二手に分かれて立売堀と谷町を歩き、在庫の機械の全部に次々に手付金を打っていった。

「どないしはりました。なんぞあったんですか」

機械商は驚いて口々に尋ねる。佐々木は首をかしげる。重郎もとぼけた。

「僕も頼まれましたんや。一体何やろうな」

もし計画が洩れるようなことがあれば、大阪の工作機械相場は高騰することになる。

大阪だけでなく佐々木を出張させて名古屋や東京にも注文を分散した。遠隔地の東京には、大量に仕入れるので、もし計画が漏れて相場が上がった時の影響が大きい旋盤などの機械を注文した。

その時の佐々木はまだ林田商会を退職していなかった。それでそれらの注文は林田商会の名前を使った。大店からの受注とあって有利な条件で仕入れられた。その後松井製作所に入社した佐々木は松井製作所の名前で残金を支払った。中には契約変更を言う機械商もいたが、手形決済が常識の業界で即金での支払いは大きな魅力で、機械商は取引に応じた。佐々木らしい仕事ぶりだった。

わずか一週間で必要な機械や器具や資材を取り揃えた。

分散したり、林田商会の名前を使ったので、それだけ計画が漏れるのが遅れた。機械商達が新工場の建設を知ったのはそれからしばらく経ってからだった。その日から機械の相場は一気に急騰していった。

十五

土地は、梅田の駅の裏の豊崎にみつかった。阪急電鉄の所有する五千坪の土地だった。交通至便で場所とすれば最適だった。ただし、坪が二十円で高かった。しかし、ぐずぐずしている場合ではないので思い切って買った。

工場の建設も大急ぎで始めた。工場の屋根も出来ないうちにどんどん機械を据え付けていった。その頃、工場のすぐそばを通る阪急の箕面行の電車が一往復して帰ってくる間に、もう工場が出来ていたという噂が立ったりした。それほどではなくても、それに近い位の速さで工場を建設していった。

次に、工員を集めなければならなかった。工員を募集するには、昔重郎が各地の工廠を渡り歩いた経験が役に立った。かねて目をつけていた同僚、先輩、後輩にもいっせいに手紙を出した。反応はまちまちだったが、何しろ作るのが精密な信管だけに、自分の目にかなう優秀な職工を集める必要がある。この人たちには新工場の中核になってもらわなければならなかった。

しかし、人手はそんなことでは足りなかった。何しろ数千人の職工が一度に必要になるのである。斡旋屋まで雇って大阪をはじめ、舞鶴、呉、佐世保の各地の工廠で募集した。一万人近くの応募者があった。それを、口頭、実地の試験をして数千人の職工を採用した。

自分が職工出身のせいもあり、重郎は職工にはできる限り厚遇した。

『機械のために職工があるのではなく、職工のために機械があるのだ。会社が儲かるから職工が儲かるのではなく、職工が儲けてくれるから会社が儲けるのだ』。

そう考えて、工廠以上なのは勿論、他のどこにも負けない給金をはずんだ。

十六

やがて工場が稼働し始めた。

最初の信管がベルトに乗って現れた。緊張して見守っていた重郎やまわりの連中も万歳の叫び声をあげた。万歳の声の中を信管は次々とベルトの上を転がりながら姿を見せた。

ニコライは進捗状況を点検に毎日のように工場にやってきた。

「松井サン、アナタニハワタシノイノチガカカッテイル」

ニコライは重郎を抱きしめて耳もとでそうささやいた。

その頃、日本とロシア軍の関係緊密のため、ロシアからロシア軍の高官のセルゲイ中将が来日していた。日本の政府や軍の高官と会ったり、本国の連絡にあたったりしていた。

そのセルゲイが、砲兵工廠へ来るついでに重郎の工場に視察に来ることになった。重郎は製作所顧問の平野中将と共に工廠へセルゲイを迎えに行くことになった。

工廠では門の将兵が重郎達の車に捧げ銃をしている。

二十年前、重郎は雇ってもらおうとこの門の前をうろうろしたのだ。雇ってもらうと毎日弁当を腰にぶら下げて働きに出掛けた。それからも出入り業者として何度も工廠には足を運んでいる。その同じ門を、今、来賓扱いで将兵や守衛に直立不動の姿勢で迎えられながら入っていく。重郎は感無量だった。

軍の高官セルゲイ中将は、まだ青年とも言っていいほど若い男だった。白い肌に透き通ったような青い目をしていた。

セルゲイを乗せた車が重郎の工場に近付いてくる。

「コンナコウジョウデシンカンハチャントデキルノデスカ」

セルゲイは車の窓から重郎の工場を指差して心配げだった。若いだけに思ったことをはっきりと口にした。

しかし、いったん工場に足を踏み入れ、そこで信管が順調に生産されているのを見て、セルゲイの心配は霧散したようだった。

「コレナラアンシンシマシタ。コレカラモヨロシクオネガイシマス」

セルゲイは重郎に握手をしながらにっこり笑った。

十七

セルゲイの視察も無事に済み、本格的に信管の製造が始まった。

ロシア側は工場に多くの検査官を常駐させた。その検査官達を監督するための監督官も常駐させた。ロシア側は、万全の体制を組むことによって、良質の信管を手に入れようとした。それだけロシア側は信管を必要としていた。

最初に赴任してきた監督官は六尺はあろうかという大女だった。とても太っていて体重はちょっと想像がつかない。体つきもそうだが、顔立ちや気性、言葉遣い、立ち居振る舞いまで男のような女だった。口の周りには髯まで生えていた。何人かの男の部下を従えて、その部下を一日中叱り飛ばしていた。

この女監督官の名前はカチューシャといった。丁度、松井須磨子が舞台劇『復活』で歌った『カチューシャの唄』がはやっていた頃だった。女監督官の方のカチューシャは劇中の純情可憐なヒロインとは似ても似つかなかった。若い社員達は陰にまわると、『カチューシャの唄』の『カチューシャ可愛や。別れのつらさ』の箇所を、替え歌で『カチューシャこわいわ、検査のつらさ』と歌っていた。

しかし、段々と重郎達もカチューシャに慣れてきた。慣れてくるとカチューシャの検査の癖も飲み込めるようになった。というよりカチューシャには機械や信管の知識が余り無かった。といって重郎達が手を抜いたわけではなかった。つぼさえ押さえておけばカチューシャの検査は余り苦労することなくパスできた。

カチューシャは大のウォッカ好きだった。ウォッカさえ飲んでおけば機嫌が良かった。重郎はいつもカチューシャにウォッカを飲ませることにした。ウォッカが切れそうなるとその度に社員を明治屋まで買いにいかせた。

カチューシャは豪快にあっという間に一本のウォッカを飲み干した。酔って来ると、いつもポケットに肌身離さず持っている古い写真を取り出した。それを周囲に見せながら大声で泣いた。そこには彼女のまだ幼い娘の姿が映っていた。カチューシャに似ても似つかぬ可愛い娘だった。この極東の日本でロシアにいる娘と離れ離れに暮らす、そこにどんな事情があったのだろう。誰もそのわけを聞かなかったが、彼女のこれまでの幸薄い人生を物語っているようだった。

十八

高給をうたったこともあり、重郎の工場には職工の応募者が引きも切らなかった。職工はいくらいても足りないくらいなので、試験に合格した者はどんどん雇った。ある日、試験会場の大阪商業会議所に、数人の憲兵が乱入する事件が発生した。憲兵は、係員から書類を取り上げ、大阪砲兵工廠から募集に応じた職工達を選び出すと、彼らを連行しようとする。労務課の社員が引き戻そうとする。お互いに小競り合いになった。

「黙れ、この者達はまだ砲兵工廠との契約が残っている」

抗議をする労務課の職員に憲兵が一喝した。さらに抗議をする職員に恫喝した。

「憲兵に抵抗するとは何事か。お前達もしょっ引くぞ」

連絡を受けた重郎は、弁護士を通して砲兵工廠に抗議した。終身雇用制もないこの時代、職工達が良い待遇を求めて各地の工場を『渡り鳥』のように転職するのは当たり前のことである。それを憲兵までつかって邪魔するなど聞いたこともなかった。


この事件はこの頃の工廠と民間の機械工業の関係を如実にあらわしていた。確かに日本機械工業界の発展に工廠の果たした役割は計り知れなかった。当時の民間の機械工業の水準は低く、最新鋭の機械で生産する工廠にははるかに及ばなかった。民間はみな工廠を見習った。しかし、それが、工廠側に官尊民卑の風潮を生んだ。憲兵まで使った今回の行動は、明らかに民間などどうにでもなるという工廠の舐めた考え方ややり方だった。

第八章　天馬空をかける

一

彗星のごとく大阪財界に現れた重郎は大阪中の大きな話題を呼んだ。

当の張本人が財界有名人ではなく、これまで聞いたこともない新人だったからよけい人々の興味をかきたてた。それまで重郎の名前は業界では知られていたが、このことではじめて巷の人々の口にものぼるようになった。

新聞にも『今太閤あらわる』『大阪駅裏にうなる戦争景気』と書き立てられた。大阪人は大阪の地から全国に覇を唱えた豊臣秀吉が自慢で、少し目立つ人物がいると、すぐに今太閤と名付けたがった。特に重郎が職工から身を起こしたことが、立身出世の好きな大阪市民の関心を引いた。もっとも中には『職工上がりの成金』、『大きな仕事をするわりに意外と短躯の松井某』とやっかみ半分の記事もあった。

会社の業績はうなぎのぼりに上昇した。設立初年こそ、買い入れ機械の納入遅れ、整備、工員の不慣れなどが原因で、売り上げは十四万円ほどに留まったが、一年経った三期目には四百六十万円もの売り上げを上げた。製品運送の利便から、東京渋谷の日本安全油の工場を買収して、分工場としたりした。

その間、重郎は不眠不休で奔走し続けた。ぜんぜん疲れなかった。一日中興奮状態で気持は高揚しきっていた。

しかし、重郎はまだ満足できなかった。

『もっと高く、もっと高く、みんなが見上げるまで』

自分の今までの四十年がこの事業にかかっていると思った。この事業をするためにこれまでの長い長い雌伏期間があったのだ。

重郎はこの仕事は自分だけの仕事ではないと思った。自分の背後には、多くの職工達がいる。その生涯を工場の中で黙々と働く人達。彼等に今の自分を見て欲しかった、頑張っている自分の姿を見て欲しかった。そして誇りに思って欲しかった。

ここは、振り子の振りをつけ、振りをつけ、振りをつけ、一杯まで行ったところで、大きく、大きく、大きく跳んでやろう。どこへ？　それはわからないけれども、そこには子供の頃から夢見たとてつもない大成功が待っていると思えた。

二

製造が軌道に乗るにつれ、一日に一万五千個の信管が生産できるようになった。大阪でもこれほどの数量を生産できる工場はなく、工廠をもはるかにしのいでいた。

これには、整然とした機械の配置や作業の合理化や能率化への重郎ならではの工夫があった。これを重郎が学んだのは、工廠時代に一世を風靡していた『科学的管理法』からだった。しかし、『言うは易く行なうは難し』で、科学的管理法は工廠でも上手く機能していなかった。重郎は職工として働きながら、それが上手く機能しないのは働く者に自分からやるように仕向けないからだと思っていた。そこで重郎は職工達に推進委員会を作らせ、それに工程管理を任せた。

また、この手法を機能させるうえで、窪田の工場を参考にした。船出町の窪田鉄工所では、回転式鋳造装置を、大型の円盤に取り付けて回転させ、型込めからばらしまでの作業を従業員がそれぞれの位置で行う流れ作業を行っていた。また、作業時間や作業心得を定めた職工規則も作られていた。さらに、計算課では鉄管の競争入札に対応するため原価計算も行っていた。

重郎は窪田の工場に何度も足を運び、窪田本人に教えを乞うた。窪田は何事も隠すことなく教えてくれた。

「僕は末っ子なんや。いつも弟がいれば良いと思っていた。重ちゃんは僕の弟みたいなもんや」

この頃、重郎は窪田に心酔しきっていた。

窪田の薫陶よろしく、そのうち重郎の工場は、大阪における量産工場のモデルとされ、大阪府知事から表彰状を貰ったりした。

重郎は窪田にこんなことを聞かれたことがある。

「重ちゃんは特許をいくつ持っているかい」

重郎の特許は、大正型松井ポンプだけだった。その前の松井式ポンプの特許は合資会社に置いて出たので自分のものではなかった。

「僕は今四十二個の特許を持っているよ。死ぬまでには百個の特許を取ろうと思っている。それは名誉や金儲けの為じゃないよ。死ぬまで創意工夫を怠らない技術者でいたいからさ」

重郎は、心底感心しながら窪田の話を聞いていた。

三

窪田には製造方法以外にもいろいろなことを教えられた。

窪田は、県人会の懇親会などでも必ずその場で支払いを済ませていた。重郎達のようにその請求書を会社に回させることはしなかった。

「県人会は僕の私的な会合やから、僕が払うんや」

窪田は財布から金を出しながら言った。

「僕はこうして公私の区別を付けているんや」

「それをするとなんか良いことあるんですか」

重郎には窪田の行動が理解できなかった。窪田のやっていることが何かおまじないの一種に見える。

「重ちゃん、会社を大きくするか、そうでないか、分かれ目はここにあるんや。こうして会社の分は会社の分、自分の分は自分の分、別々に払うやんか。けじめがつく。そうすると会社の本当の姿が見えてくるようになるんや。すべてはそこから始まるんや」

窪田は、まだ理解できない顔をしている重郎に、だまされたつもりで一回やってみるようにすすめた。

重郎はさっそく実行してみた。最初はなかなか慣れなかった。ついつい個人的な請求書を会社に回させる癖が抜けなかった。しかし、生来が几帳面な性格である。回を重ねるにつれこの方法が習いせいになってきた。

これは意外な効果をもたらした。いつも公私の別を区別していると、なぜか会社の中の仕事や段取りが見違えるように整理整頓されていった。

重郎はこれを会社中に普及しようとした。重郎の意を呈した支配人の佐々木がこれに熱心に取り組んだ。しかし、大西達他の役員には理解されなかった。

「なんや、面倒くさいこと言うなあ。そんなこと、役員の役得やんか」

大西はそれからも請求書を経理に回してきた。中には高額な料亭からの請求書もある。支配人の佐々木が重郎に請求書を見せながら憤然として言う。

「これを見て下さい。みな社長が遣《つか》ったものです。僕は許せない。社長に請求書を戻します」

一本気な佐々木は請求書を大西に突き返した。その請求書をまた大西が回してくる。

この頃から次第に大西と佐々木は犬猿の仲になっていった。

四

重郎の家では長男の常次が市立工業を卒業した。

卒業すると、宇治の陸軍火薬製造所に就職した。宇治は遠すぎて通勤できないので、製造所近くの布団屋に下宿することになった。

重郎は、朝早く家を出、夜遅く家に帰るので子供達ともほとんど顔を合わせたことがない。それで、常次の方から会社に挨拶に来た。常次は今日宇治に出発すると言う。ほったらかしだった息子がいつのまにか成長して学校を卒業して就職する。重郎はいささか感無量だった。放っておいても子は育つというのは本当のようだった。

重郎は小遣いを渡しながら
「しっかり働くんやで」

と珍しく父親らしいことも言った。

十九歳になった常次からは若い男のにおいがする。それは同性である父親からみてもまぶしかった。

しかし、宇治に行った常次は直ぐに望郷の念を訴えるようになった。二度目の継母のりんとは余り仲が良くないので、訴える相手は弟の常弥だった。夜になると常次から常弥に長い電話がかかるようになった。

「僕は大けな船の出入りする長崎や繁華な大阪で育った人間や。都会でしかよう暮さへんわ」

「宇治は田んぼばっかりで、人家もまばらでほんま辺鄙なところやで」

常次は常弥に声を潜めてこんなことまで言った。

「おい、常弥。ここの布団屋のおとんとおかんな、階段の下の部屋で夜は一緒の布団に寝てるねんで。一緒に寝て何すんのやろな」

どこの家にもある夫婦の姿だが、思春期の常次にはそんな光景が何となく秘密めいて悪徳めいて悩ましく思えたのだろう。

五

重郎には大西に関して気がかりなことがあった。それは大西の相場好きだった。相場で染料成金として成功した大西である。相場好きは当然といえば当然だった。特に今大戦で諸物価が高騰している。株価も高騰している。このようなご時世では大西の相場好きの血が疼くのであろう。

事務所にいても大西はどこか落ち着きが無かった。心ここにあらずといった風だった。

大西は高麗橋に若い妾を囲っていた。そのことについては重郎はあまり気にならなかった。男と女のことでもあり、病弱な妻を持つ大西の気持も思いやった。ただ、大西の相場好きが気になった。大西は思い切った仕手戦にも手を出したりしているらしい。重郎はそんな噂を何度も耳にした。

重郎はもともと相場など大嫌いだった。重郎は技術一筋に、けれんみのない生き方をしてきた人間である。仕事以外に相場にうつつをぬかす大西のような生き方を理解できなかった。

重郎の周囲にいる山本も相場師である。しかし、山本は今は会社とは縁のない人間である。どうしても毎日顔を合わす大西の言動が気になった。

そこで、重郎は大西に箴言してみようと思った。大西とは二人で力を合わせて、堅気の実業で大きな仕事がしたかった。

もちろん、今の大西がお金に困っているはずは無かった。だから、大西の相場好きは天性のものだった。だとすると言っても無駄かもしれない。しかし、重郎は自分の気持を一回は言ってみることにした。重郎はその機会をうかがった。

六

大正五年、大阪株界の大立者岩田栄之助がピストル自殺をした。

岩田は、大阪株式取引所や堂島米穀取引所の株式の売買で巨利を得た。明治四十二年には渡米実業団に加わって渡米した。その際、アメリカでは公共事業の多くが民間からの寄付で成り立っていることに感心して、大阪中央公会堂の建設に百万円の寄付をした。

今大戦では、急騰する株式相場に売り方として乗り出した。岩本が売り方に回ったのは弱気筋の売り方から懇請されたからだった。義侠心のある岩本は懇請されたら断れなかった。しかし、大戦景気の中、株式相場は少しも下がらず高騰に次ぐ高騰を重ねた。岩本はそれでも売りをやめなかった。売懇請に応じた手前、引くに引けなかった。岩田は次第に深みにはまって巨額の損失を蒙った。

進退きわまった岩田は、店員を全員宇治に松茸狩りに行かせ、その留守中にピストルで自分の咽喉を撃った。

『その秋を待たで散りゆく紅葉かな』

が辞世の句だった。

岩田の死は、多くの人に衝撃を与えた。岩田は相場の世界に生きる人にしてはきわめて誠実で義理堅かった。岩田に助けられた株界人も多かった。

岩田の寄付になる大阪中央公会堂は、彼の死後、大正七年に完成した。

重郎の会社では、大西の落ち込みようが大きかった。一週間喪に服して会社に出てこなかった。

「ほんまお世話になったんですわ。僕も岩田さんの後を追いたいぐらいですわ」

会社に出てくるようになってからも、そんなことを言ってはしょげていた。重郎は、大西と岩田の間にどんな関係があったかは知らない。この事件に対しても、

『株はほんま怖いもんや』ぐらいの感想しか持たなかった。

七

大西に苦言を呈する機会はまもなくやってきた。月に一度の役員会の席上である。

この頃は、銀行や取引先から役員を迎えて、役員数は増えていた。大西は自分の株世界の先輩である宮原敬介を役員に引っ張ってきていた。

宮原は元キリスト教の宣教師という異色の経歴の持ち主だった。加富士商店という株式仲買店を経営して、さまざまな株や米穀の仕手戦を演じて勇名をはせた。当時は大阪株式取引所の常務理事をはじめ多くの会社の役員をつとめ、大阪財界の実力者にのし上がっていた。大西の親分とでもいうべき人物だった。

この役員会でも、宮原を中心に岩田の自殺が話題になった。重郎は自分とは無関係だと人ごとのように聞いていたが、隣の席の大西が涙ぐんでいる。その涙を見ていると、思い切って話を切り出した。

「喜代ちゃん、相場をやめてほしいんや。喜代ちゃんも今は堅実な実業の世界にいるやんか。いくらでもやらないかん仕事があるでえ。そやから相場なんかに手を出さんと仕事に打ち込んでほしいんや」

一座がとたんにしんとした。重郎は『しまった』と思わないでもなかったが、それよりは腹にあることを言ってしまいたかった。大西はきょとんとしていた。

「そやけど、どんな商売も商売は相場やで……」

大西は反論しかけた。しかし、すぐにやめた。時と場所を考えたらしい。

「まあ、大西君も本業に差し支えない程度にやらはったら」

宮原をはじめ他の役員がなだめに入った。

「そのことについては僕は意見が違うんや。僕は世の中の為になる製品を提供するのが事業だと思う」

「まあ、まあ、こんなところでそんな話も何だから。それでなくても今日はたくさんの議題もあるんやから」

なおも役員達が止めに入った。

大西が手を振りながら苦笑した。

「やめる、やめる、そやけどいろいろ整理せなあかんから三ヶ月だけ待ってや」

開き直られるかもしれないと、重郎は心配したが、大西は当の重郎が拍子抜けするぐらいあっさりと相場から手を引くことを約束した。

三ヶ月経って大西は約束どおりきれいに相場をやめた。見違えるように会社の仕事に専念し始めた。

八

大西が、会社の仕事に精を出しだしたのにはもっと別の理由もあった。

その年は、広島県人会の会長の任期満了の年だった。大西はこの県人会の次期会長に立候補した。大西は在阪の主要な広島県人の間を挨拶に回って根回しを始めた。これまでの会長経験者である山本玄道や窪田四郎の元にも日参した。県人会にも自分から少なからず寄付をしたり、月例会の後の懇親会の費用を全額負担したりした。

重郎はこのような事には全く興味がなかった。しかし、大西が相場に手を出すより、こちらの方がまだましに思えたので、できるだけの協力をした。

他に対立候補もなく、大西は広島県人会の会長に選出された。重郎は、大西から役員就任を要請されたが、これは固辞した。これから会長職で多忙になる大西に代わり、自分が一層事業に専念しなければならないからだった。

この年は、県人会が設立されて三十周年に当たった。その記念式典が大阪ホテルで開催されることになった。馬渕広島県知事にも列席してもらえることになった。

大西はこの準備に忙殺された。毎晩、役員が料亭に集まっては打ち合わせをしていた。記念式典のその日、大西は大得意だった。演壇に並んだお歴々の前で、何日もかけて入念に手を加えた挨拶原稿を読んだ。

馬渕知事の挨拶の中に、「……大西県人会会長は、大阪でも日の出の勢いの会社の社長でもあられる。これは広島県民にとって大いに喜ばしいことで……」のくだりがあった。会長席の大西は何度も満足そうにうなずいていた。

議題として、県人会の会員を会社員や職工にも拡大することが可決された。

この議題は重郎が大西に提出した。

「県人会は成功者の集まりやで。そないなことしたら格が落ちるわ」

大西は渋った。

「会則にはそんなこと書いてないやんか。いつも会員を増やそう言いよることやし、会員を増やすにはそれが一番や」

重郎は強力に主張した。

さらに、三十周年記念事業として、大阪で学ぶ広島県出身者の苦学生のための奨学資金の設立を可決して祝賀会は終わった。もちろん大西が奨学資金の会長にも選ばれた。

「今度は商業会議所の頭取でも狙うんか」

翌日出社した大西を重郎はからかった。大西はそれには答えず笑っていた。

『こいつ、なかなか野心家やわ』

肯定も否定もしない大西を見ていると、重郎はおかしかった。

九

しきりに望郷の念を訴えていた常次が、陸軍火薬製造所をやめて宇治から帰ってきた。勤めはじめて一年も続かなかったことになる。

常次は家に帰ってきてからも職を探すでもなくぶらぶらしている。

まもなく弟の常弥が市立工業を卒業して堂島の株屋に就職した。大戦の好況で株価は上昇し続けている。それで常弥の給料も良かった。

「兄ちゃん、小遣いやろか」

時々常弥が、兄の常次や女学校に通っている二人の妹に小遣いをやったりしていた。仲の良い兄弟ではあった。

子供には放任主義の重郎であるが、成人した常次が何の職にも就かず家で遊んでいるのには心穏やかではなかった。重郎には、家恋しさで火薬製造所をやめた常次が意気地なしに思えて仕方なかった。自分も若い頃渡り鳥のように転職を繰り返してきたが、それは自分の腕を上げたい目的があった。

『あいつはほんま情けない奴や』

重郎は常次が腹立たしくて仕方が無い。ついこの間まで、自分と同じ技術者の道に進んだ重郎がいとおしかったのに一転鬼っ子のように憎くなった。この頃から、重郎は事あるごとに常次に対して悪態をつくようになった。

『小さい頃はあんなに可愛かったのに。親の恩も知らんと一人で大きゅうなったような気でおるわ』

重郎は、子供を全然構わなかったのを棚に上げてそうぼやいた。

その頃、重郎は自宅を新築した。場所は堂島である。四十歳を超えて生まれて初めての自分の家である。ところが、重郎は忙し過ぎて建築業者と打ち合わせをする時間がない。

「おとん、忙しいんやろ。僕がやるわ」

常次が自分から申し出て建築業者との打ち合わせをやりだした。結局完成まで常次がつききりで監督した。

「盆栽の置き場所だけは確保してくれ」

重郎の出した注文はそれ一つだった。常次は家族それぞれの希望を聞き、それを取り入れた。業社との値段の交渉もした。

自宅は完成した。周囲を圧倒する邸宅だった。その割には値段は意外と安くで済んだ。

「常ちゃんはほんま交渉上手や」

周りの者が常次の手腕に感心する。

「そやけど、それがどうした言うねん。仕事もせんとやりゃ、それ位出来るわい」

皆が常次を誉めると、重郎はなおのこと常次を嘲笑した。

十

その頃から常次は左足の痛みを訴え出した。

「そら、夜遊びが過ぎるからや。毎晩、閉った門を飛び越して帰ってくりゃ、そりゃ足の一本も痛うもなるわい」

重郎は、左足のあまりの痛さに顔をしかめている常次を罵倒した。

重郎には常次の遊び仲間が気に入らなかった。常次は友人が多かった。友人には地主や商家の富裕な家の子弟が多かった。それらの友人と毎晩のように遊び歩いていた。その中には、重郎から見てどうしようもないぼんぼんも混じっていた。他人から見ると、常次も父親が日の出の勢いの会社の役員でそんな金持ちのぼんぼんの一人であったろう。重郎の若い頃と時代が違って、あらゆる面で奢侈になっているのはわかっていた。しかし、重郎はぼんぼん同士が働きもせず呑気に遊びまわっているのは許せなかった。

「あいつらぼんぼんやない、ぼんくらや。正真正銘のぼんくらや」

常次にしてみると、大胆に事業を発展させていく最近の父親は目を見張るばかりだった。まさに『天馬空をかける』という感じだった。大阪の有名人になった父が誇りでもあった。

しかし、常次はまだ徴兵検査前の年齢、自分が何をなすべきか掴みかねていたのである。ぼんくら呼ばわりされても常次は夜遊びをやめなかった。父親への反抗もあった。足が痛い、痛いといいながら、夜になると悪友どもと盛り場に出かけていった。

「遊んでいる暇があったら、おとんの会社でも少しは手伝え」

常次の顔を見る度に重郎はそう怒鳴りつけた。

十一

重郎が、窪田の会社に行った時、工場の構内で自ら自動車を運転している窪田の姿を見た。

「へえ、自分で自動車を運転しはるんですか。運転手にでもならはるんですか」

重郎はからかった。

「いや、違うがな。今な、自動車を製造する会社をこさえよう思うて検討しよるんや。それで、自動車のことを構造やら運転やらいろいろと知らんとな」

車から降りて来ながら、窪田は手を振った。

窪田によると、東京で、日本初の国産自動車の製造を目指している会社が設立されようとしているという。

「快進社という会社なんや。それで関西でもな、同じことを手掛けよう思うてこれはと思う者に呼びかけてるところなんや。どや重ちゃんも一つ仲間に入らへんか」

その頃から、大阪でもリヤカーや人力車に代わり自動車が多くみられるようになっていた。

「車は高いやろ。それに日本の道路は狭いしな。それで、外車みたいに高うて大きな車やなしに、安い小型の車を製造したら絶対リヤカーや人力車の代替品になると思うわ」

他ならぬ窪田のすすめである。重郎は、さすが窪田で目のつけどころが違うと感心しながら、さっそく自動車製造会社の話に一口乗らせてもらうことにした。

「まあ、快進社の様子を見ながらやから、話が実現するのはもっと先になるやろがな」

重郎はついでに自動車を一台購入することにした。自動車を機械として興味を持ったのだ。もちろん重郎の会社にも役員用の自動車はあった。しかし、今回はまったく個人的な興味からなので自分の財布から買うことにした。

自宅の庭に運ばれてきた自動車を、すぐに分解してみた。分解した部品をまた組み立て直した。仕事の暇を見つけてはそんなことを繰り返した。修業時代の若い頃に戻ったように熱中した。

『ほんま、よう出来てるわ。こんな小さい箱の中に機械のすべてが詰まっている。これはまさしく総合機械やわ』

いじってみればいじってみるほど感心することばかりだった。

ところが、庭に置いてある自動車を、家でぶらぶらしている常次が目を付けた。重郎は自動車を機械としてしかみていなかったが、常次はこれに乗ってみたくて仕方がない。重郎が会社に行っている間に、仲間を家に呼んでは車を乗り回した。そのうち庭だけでは満足できずに、門から道路に乗り出していった。そして家の近所の狭い道を走っている時に、ハンドルを切り損ねて、民家の塀を壊してしまった。

「この、あほたれが。お前らぼんくらどもは碌なことをせえへん」

重郎は常次達を怒鳴りつけた。すぐに車を分解して、屑鉄にしてしまった。そして工場に出入りしている屑屋を呼んで売り払ってしまった。

第九章　自信・人信・天信

一

大正五年、重郎の会社の株式が初めて公開された。二百七十円という高値の株価が付いた。

欧州での戦争はそろそろ終局に近付きつつあった。ドイツの敗色が濃厚となり、ロシアとドイツが単独講和するらしいという噂が流れた。この噂でいっぺんに株価は百二十円にまで下がった。実際に大戦が収束するのは七年になってからで、その時は誤報と分り株価は回復した。

しかし、この事実は経営陣を脅かした。

『戦争は長くは続かない。これまでの好況も終わり不景気がやってくる』

さてその後をどうするか。四千人近い職工、膨大な設備を抱えて会社の舵取りをどうしていくか。

ある役員会の席で、重郎は他の経営陣から会社の社名変更について打診された。『松井製作所』から『帝国兵器製造株式会社』に変更しようという。重郎は承諾した。一瞬自分以外の経営陣で既に話がまとまっているらしいのを不審に思わないではなかったが、あまり気にしなかった。

『ここまで会社が大きくなったんやから何時までも個人名の会社名でもあるまい。さらに発展するためにはもっと仕事内容にふさわしい会社名にせなあかん』

しかし、この時点で、重郎と他の経営陣の間には会社の進路について微妙な食い違いが生じていた。

重郎は他の兵器製造への事業拡張を考えていたのであるが、他の役員は兵器以外の分野への事業の転換を考えていた。それなら帝国兵器製造への社名変更の打診はおかしな話であるが、彼等は内心では別のことを考えていたのである。明らかな矛盾であるが、それだけ他の役員は揺れていた。

ところが重郎には何の迷いも無い。重郎はいったんこうと決めたらどんな障害にも屈せず進んで行こうとする。だから今回も兵器製造の拡張路線で突っ走ろうとする。他の重役にはそういう重郎が何となく煙たい。そこでその頃から次第に重郎とは一線を画すようになっていた。お互いの間に明確な対立があったわけではないが、重郎を敬して遠ざけるようになった。

二

重郎は、他の役員との間に生じたこのもやもやした関係を宮原に相談してみることにした。

宮原は、常々重郎の技術力を評価してくれている。「この会社は重ちゃんの技術で持っている会社や」といつも言ってくれている。キレ者で鳴らしている宮原なら良い知恵を出してくれるかも知れなかった。

宮原は非常勤で月に一回の役員会にしか出てこない。その役員会の後、宮原の部屋で相談した。

「そらあかん。重ちゃんがやりたいようにやって、他の者がそれに合わすんがこの会社のやり方や。それ以外のやり方はあらへん」

宮原は、他の役員と話をしてみようと言ってくれた。

ところが宮原からはなかなか返事がない。宮原が非常勤なので、他の役員と連絡がとりにくいのだろうと思った。

重郎と他の役員の間で、お互いの腹を探り合うような日々が続いた。役員会では重郎の主導で、信管の他に小銃や機関銃の製造が検討されている。しかし、気のせいか議事も湿りがちだった。

とうとう重郎は宮原の部屋に呼び出された。待ちに待った宮原からの返事だった。

「他の役員も何も重ちゃんをないがしろにしているわけやあらへん。ただ、これからの会社の方向を決める重要な問題なだけに慎重にしているだけや。もう少し待ってみてや。また皆と話し直してみるからな」

具体的には何も進んでいないことにはがっかりしたが、他ならぬ宮原の言うことである。確かに時間は必要だった。重郎は焦らず待つことにした。

「何べんも言う通り、この会社は重ちゃんで持っとるんや。それだけは間違いない。僕は重ちゃんを信頼しとる。絶対に重ちゃんの悪いようにはせえへんから、重ちゃんも僕を信頼してや」

重郎も、この頃になると自分と他の役員の意見の相違がどこにあるか分かっていた。重郎は別に兵器だけにこだわっているわけではない。話し合いをして他の役員の主張する分野に進むのなら、重郎はそれでも構わないと思っていた。ただ、お互い腹を割って話し合えないのが残念なだけだった。

宮原が他の役員達とどんな話をするかしれないが、話の後宮原が双方のどちらかに決断を下してくれたらそれに従おうと思った。どちらにせよ、この問題は宮原に委ねることにした。

三

常次の足の病状は悪化する一方だった。しかし、相変わらず悪友達と遊び歩いていた。

その頃、中等学校野球大会と並んで大阪の若者の人気を集めていたのが大正三年に公演が始まった宝塚少女歌劇だった。

宝塚少女歌劇は、もともとは箕面有馬電鉄の沿線にある宝塚温泉の入湯客へのサービスとして始まった。温泉に付属したプールの水を抜いて、一辺に簡単な舞台をしつらえ、プールの底にイスを並べて観客席にしていた。

その舞台で、少女達が踊ったり歌ったりした。たちまちこの踊り子達は大阪の若者達を魅了した。若い女性達には特にさっそうとした男装の麗人が人気を集めた。

この宝塚に常次は夢中になった。重郎の家では、常次だけでなく、弟の常弥も二人の妹、美智子や敏枝まで宝塚に夢中になった。美智子や敏枝の通う女学校では宝塚を一人で見にいくことを禁止していた。それで二人とも兄の常次や常弥に一緒に連れっていってくれとせがんでいた。

特に定職のない常次は他の仕事もしない悪友達と一緒に宝塚に入れあげていた。昼日中でも足を引きずりながら仲間を引き連れて宝塚通いをした。

劇場の隅の座席にいつも座って目を光らせている小柄な男がいた。箕面有馬電鉄の社長で宝塚歌劇の考案者の小林一三だった。小林一三は、自分の始めた新しい趣向の評判が気になって、毎日のように劇場に顔を出しては観客の反応を探っていた。時々常次達の一団が気勢を上げている座席へ来て、「どや、今回の出し物はどう思うかい」と聞いたりした。

四

重郎に何度も叱りつけられて、常次は重郎の会社に出勤することになった。会社では主に役員室で重郎の身辺の雑用に従事した。しかし、足が悪いので毎日という訳にはいかない。自然会社の仕事には身が入らなかった。相変わらず時間さえあれば悪友達と宝塚に入り浸っていた。

会社の役員室では、重郎と常次の押し問答がよく見られた。常次が重郎に小遣いをせびるのだ。

「おとん、お願いや。五円ほど前借させてほしい」

「この間、給料を渡したばかりやないか」

「でも足らん」

「お前のだらだらした仕事にはあれ以上は出せんわ。他の社員の手前もあるしな」

「そな言わんと頼みますわ」

「で何につかう積りや」

宝塚というと叱られるので、常次は絶対に使途は言わなかった。

「このあほう、遣い道もわからんようなもんに金は出せるかい」

重郎は黙っている常次にそう毒づきながら工場へ行く。重郎としては、意味のあるものに遣うのなら決してケチッたりはしない。どうせ遊ぶ金であることは分っていた。したがって出さないことが常次のためでもあった。

重郎が工場から帰ると、また始まる。

「なあ、おとん、頼むわ」

「さっきも言うたやないか、駄目や。」

この親子の「貸せ」「貸さない」のやり取りは、延々一日中続くこともあった。

重郎の意志の強さは定評のあるところである。その重郎の血を受け継いだ常次も父に負けてはいなかった。

役員室には商談のため多くの人が出入りする。その間は中断するが、商談が終わるとまた「貸せ」、「貸さない」の押し問答が再開する。

たまりかねた出入りの業者の一人が、そっと常次の懐に五円札を忍び込ませる。

「ぼん、これ僕からですわ。あんまり専務を困らせたらあきまへんで」

五

父の重郎からぼんくら呼ばわりされている常次であったが、会社内での評判はとても良かった。特に社長の大西には可愛がられた。子供のいない大西は、常次、常次と呼んで自分の子供のように可愛がっていた。

「重ちゃんはどうも苦手やわ。常次から言っといてや」

重郎への伝言をよく常次にことづけたりした。時には私用で高麗橋の大西の妾宅へも行かされたりした。

「大西さんのこれ、僕とあんまり歳が違わへん。ごっつう別嬪やで」

家に帰ると小指を立てながら常弥に耳打ちをしたりした。

常次は特に出入りの業者に人気があった。

重郎が、機械商社の担当者に機械の性能についていろいろと難題を要求する。重郎にしてみれば良い製品を作るためだった。担当者はそれは無理ですと答える。次第に押し問答になる。

「ほなら、ここんとここうすりゃ、ええんちゃうか」

常次が口をはさむ。それは重郎の要求をのんで、業者も対応可能な解決法だった。

このように話をまとめるのがうまかった。

「ろくに機械をいじったことも無いくせに偉そうなことを言うな」

重郎は一喝する。常次は現場の経験もないのに、またどこで勉強するのか機械にはやたらくわしかった。父親に一喝されると常次は口応えはしなかった。ただにやにやと笑っている。

「やっぱり血は争えませんなあ。常次さん、ええ、後継ぎになられますでえ」

業者たちは重郎に常次のことを誉める。

「あんな役立たず、後継ぎなんかとんでもないわ」

重郎はむきになってけなす。どうして周りの連中が常次に高評価を与えるのか理解できなかった。

『わしはひょっとして常次に妬いとるんやろか』

常次にはどうしても感情的になってしまう自分が不思議で、そんなことを思ったりした。しかし、直ぐに打ち消した。父親が息子に嫉妬するなど考えるだに恥ずかしいことに思えた。

六

日に日に、りんと常次の間が険悪になっていった。再婚した当初から気性のきついりんと重郎の子供達とはうまくいかなかった。しかし、常弥には勤めがあり、妹達は女学校に通学していたので、それぞれ忙しかった。自然、家でぶらぶらしている時間の多い常次がりんと衝突した。また、常次が一番継母と性格が合わなかった。父から小遣いをせしめた翌日は、会社を欠勤して悪友達と宝塚に行く予定になっている。したがって宝塚の開演に合わせて昼近くまで寝ていた。

「また会社を休んでからに」

いつまでも起きてこない常次を部屋まで起こしに来てりんが噛みつく。

「お父さんはもうとっくに出勤してはるのに。ほんまにあんたは親不孝息子やわ」

やっと寝ぼけ顔で起きてきた常次をりんが罵る。

「うるさいわ。この家に後から入ってきたあんたにそんなこと言われとう無いわ」

常次はりんの一番嫌うことを言って口応えをする。

「なに言うとんね。あんたこそ、この家の子と違うわ」

これは常次の一番の急所だった。父と一緒に住むようになっても戸籍はまだ東山のままだった。松井の家にいながら今だに常次の名前は「東山常次」だった。

「出て行け。あんたなんか」

「あんたこそ、出ていきや。お父さんに言ってあんたみたいな不良はこの家から追い出したるわ」

口げんかの果てに、常次は食事もせずに家を飛び出す。友人と梅田で待ちあわせる約束の時間にはまだ早過ぎた。それまで梅田の喫茶店で時間をつぶすことにした。

七

重郎が徒弟の頃から面倒を見てきた職工の一人高木が結婚することになった。高木は、本庄横道町からの徒弟で、上福島、豊崎と重郎について転々としてきた。徒弟入りした時は十五歳だったがもう二十歳になっていた。少し要領の悪い高木はよく重郎に怒鳴られたものだ。それでも徒弟を終えていっぱしの職工に成長していた。

高木の結婚相手は、下宿先の小間物屋の娘だった。その頃、全国から集まる職工の為に三軒の寮を建てていた。高木はその寮に入っていたが、まもなく下宿生活を始めた。下宿生活が高木のあこがれであったのだ。直ぐにそこの娘と恋仲になった。

高木の祝言は、豊崎の隣保会館で催された。重郎は媒酌人をつとめた。生まれて初めてつとめる媒酌人だった。

祝言は質素ではあったが心温まるものだった。出席者のほとんどは重郎が仕込んだ徒弟だった。いわば身内の結婚式のようなものだった。

高木の同僚達が、お祝いの挨拶の中で、高木のへまな仕事振りをばらして出席者を爆笑させた。他の同僚は、高木が鈍なわりには女には案外でこんなに良い娘を捕まえたこと、その要領ですぐに子供を作った方が良い、作り方がわからなければ教えてやるからいつでも聞きに来るように、と挨拶してこれまた出席者を大笑いさせた。高木の傍の娘は顔を真っ赤にしていた。元巡査で、今は重郎の会社で守衛をしている高木の父親が黒田節を踊った。

重郎は久し振りに酔った。りんと自宅に帰ってお茶を飲んでいると、玄関で大きな音がする。常次が帰って来たのだ。今夜は何人かの友達まで連れてきている。常次達は傍若無人の大声をあげて玄関で騒いでいる。

常次はほとんど高木と歳が違わない。高木が職工として世を渡り、今日は所帯まで持ったのに対し、常次はろくに働きもせず毎晩のように遊び呆けている。

重郎は無性に腹が立った。玄関に出て常次達を叱りつけた。

「なんや、お前らは。今何時だと思っているんや」

常次達はびっくりしていた。こんな時間に重郎が家にいるとは思っていなかったのだ。

常次にも雷を落とした。

「このぼんくらめ。いい加減にせえ。ほんまに目を覚まさんと勘当するからな」

友人達は、あわてて帰っていった。重郎も片足をひきずりながら後を追った。

「玄関の戸を閉めとけ。あいつはもう締め出しや」

重郎はりんに言いつけた。

八

会社の将来に対する不安は、役員間だけにとどまっていなかった。工場内部にも伝染していった。株式が上場されてからは、株価は新聞に掲載される。会社の株価はちょっとしたことで変動した。不安も増幅される。これに呼応するかのように会社の内部に不穏な動きが起り始めた。労働争議である。

その年の十一月、薬板の単価引き下げに反対して争議がおこった。そのころ、ロシアは信管の値下げを要求してきた。会社としては、値下げに応じざるを得ない以上単価の引き下げはやむを得ない措置だった。

この工員達との交渉に友愛会から池田が派遣されてきた。最近重郎は信管の受注で忙しくなり、砲兵工廠にはほとんど出入りしていなかった。思いもかけなかった人間が交渉の席に座っているのでびっくりした。

「池田君、久し振りやな。まだ砲兵工廠にいてるんか」

「あれからしばらくして砲兵工廠はやめましてん」

「目的を達したからか」

「そうです。今は友愛会の専従をやって、こうしてあちこちの争議に派遣されています」

池田は重郎にからかわれているとは思わず答えた。

友愛会の規模拡大は、しばしば新聞記事にもなっていた。砲兵工廠の支部だけでなく、多くの大阪の支部を束ねた関西支部まで設立されていた。

「その節はお世話になりました」

池田はまだ重郎から技術指導を受けたことの恩義は忘れていないようだった。

「まあ、お手柔らかに頼んまっせ」

しかし、交渉が始まると池田は豹変した。舌鋒鋭く、単価切り下げがいかに理不尽なもので、それによる賃金の低下が職工達の生活をいかに困窮させるものか、舌鋒鋭く経営陣に迫った。

それに対して、社長の大西は最初の交渉には出たがその後の席には出てこなかった。池田の舌鋒に恐れをなしたのだ。他の役員もなんだかんだと理由を付けて姿を見せなかった。仕方がないので重郎一人が応対することになった。重郎は工場の計算書類を見せて、会社としては単価の切り下げがいかにやむを得ない措置だったかを説明した。

結局交渉は、四厘の引き下げを、二厘に留めることで妥協した。

交渉の妥結後、役員間で重郎が工場の計算書類まで見せたことが問題になった。

「職工達に内部資料まで見せてからに」

役員会では面と向って責められたりした。

「連中も生活をかけて交渉しとりますやん。こっちもそれなりに腹を割って誠意をみせて交渉に臨まんと話は纏まらんのと違いますか」

重郎は反論した。

『わしのやり方に不満なら逃げ回ったりせんと、自分達が交渉の席に出ればええんや』

重郎は口にこそ出さなかったが腹の中でそう思った。

九

帝国兵器製造と名乗り、兵器総合を製造するには今の五千坪の工場では手狭だった。将来の飛躍発展を期するならこの際思い切った広さの土地が必要となる。そのためには今の十倍、二十倍の広さの土地がいる。さらに兵器であるから秘密厳守で、隔絶された地が良い。かといって辺鄙な地ではなく市街地からも適当な距離にあることが望ましかった。今の梅田駅裏は市街地のど真ん中で、便利ではあるが兵器を作るにはいささか問題がある。

そこで重郎にひらめいたのが、郷里の向洋の土地である。ここは軍都広島にも近いし工廠のある呉にも近い。田舎ではあるが、鉄道の駅もあるし、海のすぐ傍であるから海運にも恵まれている。このあたりは地震などの被害にもほとんどあったことがない。もし大阪近辺で五千坪の土地を買うと三十万円はかかる。しかし、向洋ならその百倍、五十万坪は買える。

重郎はひらめくとすぐ重役会で提案した。地図をひろげ、船越から向洋にかけての土地のいかに優れているかを説明した。そこでは一同賛成で反対は出なかった。

重郎は直ちに大阪を出発して向洋に向かった。

向洋に帰ると向洋村長の沢村七三郎に会った。沢村七三郎は、重郎を初めて大阪へ連れて行ってくれた戸長の沢村の息子だった。沢村家は向洋の旧家で、七三郎も父の後を継いで村長をつとめていた。沢村に計画案を説明し、買収する土地の十一ヵ町村の反応を打診してもらった。

返事を待つ間、母の家に泊まった。母は八十歳を越えていた。

重郎は向洋に母の家を建ててやっていた。幼少から苦労をかけた母に家らしい家に住まわせてやりたいとの思いからだった。家は小さかったが母が一人住むには十分な広さだった。

久し振りの母の傍、何年経っても変わらない郷里の風景、懐かしい広島弁、重郎にとって心からくつろげる場所だった。

重郎が大阪で成功したと聞いて、幼馴染や旧知の人達が会いに来た。その中には、一緒に大阪に出た利三がいた。重郎には、夜中に藤井の店を訪ねてきた時の利三の泣き顔が思い出される。

「僕は、すぐにケツを割ったが重ちゃんはよう頑張ったのう」

ケツを割るとは、辛抱できずにすぐやめてしまう、という意味の広島弁だった。

泣き虫だった利三は、今は親の後を継いで漁船を作っている。子供が六人いるという。

家にやってくる人間の中には親戚を名乗る者もいた。係累をよく聞いてみると、遠い親戚には違いなかった。しかし、重郎はこれまで一回も会ったことはない。

『なんや、いっぺんに親類が増えてしもうたわ』

成功すると求めもしない人まで会いにくる。重郎はそんな人間の機微がおかしかった。

返事はまもなくやってきた。いずれの町村も工場進出に大乗り気だった。

「二、三年前の冬、海苔取り最中に女が凍えて死んでのう。その腹には子供が宿っとったんじゃ。松井さん、この辺の人は皆貧しい。ここに工場でも建ちゃどんなにこの人達を貧乏から解放してやれるか」

沢村が涙を流しながら言った。

これだ、これこそが重郎がこの地に工場を建てたい理由なのだ。これで自分は故郷に恩返しも出来る。

「これからお傍で一緒に暮らせるようになりますよ」

母にもそう言い置いて帰阪した。

十

重郎があまり乗り気なので、皆でとにかく一回現場を見てみようということになった。一同で向洋に実地調査に行くことにした。役員、株主総勢十五人で大阪を出発した。翌朝、海田市に着いた。十一ヵ町村の代表委員達が迎えてくれた。聞くところによると、前回重郎が帰ったあと十一ヵ町村では「工場進出促進期成同盟」というものが結成されていた。

委員達の案内で向洋が見渡せる小山に登った。

眺望いっぱいに広々とした土地が広がる。なにしろ五十万坪、現在の土地の百倍である。みんなその広さに呑まれたように一言も発しなかった。

その夜は、広島市に移り、公会堂で歓迎会が開かれた。馬渕県知事や吉村広島市長も列席した。歓迎会は大盛会だった。向洋だけではなく広島市や広島県までもがこの移転に大きな期待をしていた。社長の大西は得意満面であった。

その後会社関係者は、交渉を続ける重郎と実家のある三次に帰省するという大西を残して大阪へ帰った。

「去年、鉄道が開通してなあ。三次まで汽車で行けるんやで。僕が大阪に出た時は馬車を乗りついで広島まで出たもんや。ほんま夢のようやで」

大西は嬉しそうに広島駅から汽車に乗り込んだ。何でも三次では成功した大西の為に盛大な歓迎会が開かれるという。大西の機嫌が良いわけだった。

重郎は残って、約一ヵ月半、期成同盟の面々と土地買収の交渉を続けた。移転には大賛成でも個々の交渉は簡単にはいかなかった。それぞれの町村の事情があったからである。そのたびに沢村が出席して、ぐずぐずしている期成同盟の委員達を一喝した。

「あんたら少々の細かいことは我慢せえ。小異を捨て大同につかんか」

沢村の祖父七右衛門は、明治十九年に向洋から府中までの道路を自費で作った気骨ある人間だった。地域の発展のためには私財を投げ出す、その伝説を知っている委員達には沢村の一喝は大きな効果があった。そのおかげで交渉は随分とはかどった。

沢村の奮闘でやっと交渉がまとまり、広島市の弁護士に依頼して、契約書も作成してもらった。

契約が締結されるには、手付金が必要である。重郎はその金を受け取るべく二カ月ぶりに大阪へ帰った。

ところが重郎がいない間に、工場移転に関する重役会議は無期延期となっていた。重郎は愕然とした。

大西に聞こうとしても大西は体調不良を理由に会社に出てこなくなっていた。他の役員はもともとが非常勤の役員である。彼等は一様に重郎を避けている。

これは、実質的に工場移転は中止とならざるを得なかった。中止となると、土地購入の契約は破棄される。重郎の頭には破棄された時の違約金のことが頭をよぎる。違約金もだが、あれ程工場移転に期待をかけている向洋の人に対して顔向けができない。

重郎は、自分から役員会を開こうともした。がまもなくやめた。仮病をつかったり、逃げ回っている連中を追いかけてみても無駄だとわかったからである。そのことは社名変更の時のことでよくわかっていた。

ならどうして、彼等は重役会で土地購入に賛成したのだ。また実地調査のとき反対しなかったのだ。

重郎は、向洋の沢村に電話をして、事情を説明した。今しばらく時間を欲しいと頼んだ。

十一

日が経つにつれ、だんだんと事情が分ってきた。

『松井は現在の工場でも大金を使っているのに、あんな広大な工場を建てたら、どんなに金を使うか分らない』

『誇大妄想の計画じゃないか』

『会社が非常事態になりかけているのに、二ヶ月近くも会社を開けたのはけしからん』

向洋で彼らが一言も声を発しなかったのは、感嘆したというより危惧したのだった。

中には浅薄な憶測をするものもあった。

『松井は故郷に錦を飾るのが目的なのだ。その虚栄心のため、我々を犠牲にしようとしている』

さらに、重郎にとって意外だったのはこの憶測をしたのが宮原だということだった。宮原はこの移転計画に一番反対しているという。

会社の進路についての宮原からの返事はまだ貰っていない。他の役員と話し合ったと言っているが、本当に話し合ったかどうかも疑問だった。しかし、重郎はそれはもうどうでもよかった。宮原が他の役員側についていることは明白だった。重郎は宮原に『裏切られた』と思った。

宮原のこれまでの人生は、裏切りの連続だった。無名の宮原を一躍有名にしたのは、兜町での明治三十三年の豊川鉄道仕出戦だった。その時は買占め派の場立を買収して売りの逆手を振らした。買占め派の場立であるから、当然買いで向かっていく。味方とばかり思っていた場立に突然売りを振られて、買占め派の大物相場師、天一坊こと松谷元三郎は巨額の損失を蒙った。この話は、いつも酒を飲んだ時の宮原の自慢話だった。大阪に移ってからも、この手の話は枚挙にいとまがない。彼の二枚舌は、どちらも本物の舌のようにまくれるのだ。

この宮原に比べれば、一週間も岩田栄之助の喪に服したり、重郎の忠告を素直に受け入れて株の売買をやめた大西など可愛いものだった。

そのうち、反対派にとって格好の移転話が持ち上がってきた。

会社の向洋移転の計画は大阪中の話題になっていた。この話が新聞に掲載されると、明石の有力者が、地元の繁栄のため、工場の敷地を無償で提供しようと申し出たのである。明石なら大阪から近い。しかも無償である。

大西をはじめ経営陣はこの話に大いに乗り気になった。これで重郎と他の役員達の決裂は決定的となった。それまでの霞が晴れ、あからさまな人間関係が露呈した。他の経営陣は一気に反重郎で結束した。

十二

重郎の会社に篠田という女事務員がいた。背がすらりと高く人目を引く美貌だった。

その頃になると、入れ替わり立ち代り赴任してくるロシアの検査官ともすっかり友好的になっていた。会社では彼等への相手を社内の女事務員達に担当させた。明治屋に買いに行く注文品を聞かせたり、日本語教室の教師の手伝いをさせたりした。篠田もその中の一人だった。特に彼女の派手な目鼻立ちは、彼等の人気の的だった。

その篠田が宝塚少女歌劇に入団した。芸名は『篠さくら』。この篠に重郎の次男の常弥がすっかり惚れ込んでしまった。常弥の宝塚詣でに一層拍車がかかった。篠の出る舞台は欠かさず見に行った。ファンレターを送ったり、花を抱えて楽屋を訪ねたりした。

そのうち常弥は篠の後援会を作ろうとしはじめた。重郎の会社にも会員を募ろうとした。自分は社員では無いので自由に出入りできない。そこで常次に頼み込んだ。

「会社から宝塚の踊り子が出たんやで。こりゃ名誉なことやで」

弟にせがまれて常次も断れない。

「まあ、めったにないことやな。会社としても何かの応援はせないかんな」

常次は、社員達を会員に勧誘した。ロシア人も勧誘した。

一度などこうして勧誘した連中を引き連れて舞台を見に行った。

「篠さくら後援会帝国兵器製造支部一行様や。精出して踊ってや」

常次は篠にはっぱをかけた。舞台を見た後は温泉に入り無礼講の宴会を催した。ロシア人たちが裸踊りをした。この温泉付き、宴会付きの宝塚観劇日帰り旅行は大好評だった。特にロシア人たちが喜んだ。これで会社での後援会会員が一気に増えた。

十三

常次は医者から足の痛みを結核性関節炎と診断された。そのうち、左足が曲がらなくなった。そのため会社には次第に出なくなった。ほとんどを家で過していたが、継母のりんとの折り合いが悪いので、足に効用があるという城崎温泉に静養に出掛けたりした。

一方、常弥の篠さくらに対する熱は一向に収まらなかった。そのうち、篠と結婚すると言い出した。しかし、重郎は取り合わなかった。常弥がまだ十八歳と若く、単なる一時の熱に過ぎないと思ったからである。

ある日、城崎温泉に行っている常次から会社に電話が入った。

「ここに常弥と篠が来てるで」

「何のことや」

「結婚できんのならこの城崎へ駆け落ちするって言いよるで」

重郎は一瞬言葉を失った。そこまで思い詰めていたのかと驚きだった。まだまだ子供だと思っていた常弥と駆け落ちという行為が繋がらなかった。

「おとんは結婚に反対か」

常次は重郎の腹を探っている。

「当たり前や。第一常弥はまだ十代やんか。それに踊り子なんてうちの家風には合わんわ」

常次はしばらく考えていた。

「それもそやな。ほな、今回は常弥に言い聞かすわ」

「どうするつもりや」

「まあ、僕に任しといてや。そやけど二人がお互い寄り添っているのを見たらかわいいもんやで」

常次は電話を切った。

翌日、常次は常弥と篠を連れて会社にやってきた。二人はしょげ返っていた。常次の言うようにそんな二人の姿はいとおしいものだった。

二人は重郎に謝った。

「お前、あいつらになんて言うたんねん」

二人が部屋から出て行った後重郎は常次に聞いた。

「そりゃ、説教したがな。まあ、付き合うのは付き合うてみぃ。結婚は何年かしてから考え、てな」

常次は足の痛みに顔を顰めながら応えた。常次は自分の病気はそっちのけで弟の心配をしている。

「また城崎に戻るんか」

いつの間にか常次が大人になっているのを感じながら重郎は聞いた。

「戻る」

常次は足を引き摺りながら城崎へ帰って行った。

十四

常次の足の病状はいよいよ悪化して、回生病院に入院することになった。最初は、治療をすれば、硬直した左足も曲がるようになるだろうと楽観していた。しかし、案に相違して、常次は左足を切断することになった。

左足の切断!! 息子の片足がなくなる事態になって重郎は暗然とした。しかし、本人の方が衝撃は大きいだろう。

手術の日、その時間には重郎も駆けつけた。手術を待つ間、常次の将来のことを思案した。もう会社で多くの社員の中で働くことは出来まい。自分に似て手先が器用だから、何か技術を身に付けるしかあるまい。何とかしてこれからの常次の生きる手立てを考えてやらなければならない。

これまで常次は数奇な運命をたどってきた。兄だとばかり思っていた重郎が父であってみたり、継母が二度も替わったり。全部が全部ではないにしても、仕事一筋の重郎が家庭を放ったらかしにしていたことに原因がある。考えてみれば不憫な子ではあった。

最近は父と子の間は必ずしもうまくいっていなかったが、片足切断という事態に立ち至って、これまで常次に辛く当って来たことが悔やまれた。

手術は一回ですまなかった。術後の経過を見て、また再手術をすることになった。片足は宙ぶらりんのまましばらく左足に残ることになった。どうやら入院は長期間にわたりそうだった。

常次の方は少なくとも表面的には平然としていた。入院した常次の部屋には、おおぜいの友達が押しかけてきた。いつも彼等の笑いが部屋に満ちていて、悲しむ暇がなかった。いずれも宝塚の常連達だった。常次の病室で学生服を私服に着替えては宝塚に繰り出していく。病室を更衣室ぐらいにしか心得ていなかった。

駆け落ち騒ぎを起した常弥も篠さくらと連れ立って見舞いに来た。常弥は重郎や常次に似て歌舞伎役者のような顔をしている。篠とは美男美女のカップルだった。また常弥も父や兄に似て小柄だった。二人並ぶと篠の方が常弥より少し背が高かった。

東山が死んだ後、長崎で一人暮らしをしているはるも汽車に乗って見舞いに来た。常次の宙ぶらりんの左足をさすりながら涙を流した。

「代われるものなら私が代わってやりたいわ」

はるはその夜、重郎の家に泊まった。

「こりゃまたすごい家やんか」

初めて泊まるはるは重郎の屋敷の豪壮なつくりに驚いていた。

はるは寝る前に重郎を呼んだ。

「これ、常次に渡しといてや」

見れば常次名義の貯金通帳である。

「お前が送ってくれたお金の中から少しずつ溜めたんや」

通帳を戻そうとする重郎の手を押し返しながらはるはため息をついた。

「もうそろそろあの子の籍を抜かにゃあかんな。あの子と常弥は私の生きがいや。淋しいけど仕方ないなあ」

十五

年が明けると、いったん沈静化したかに見えた労働争議が再び勃発した。前回同様薬板単価の値下げ反対と、それに今回は厳重に過ぎる検査に対する抗議だった。今回も友愛会から池田が派遣されて、争議の指導に当たった。

社長の大西や他の役員が対応しないため、今回も重郎が前面に立つことになった。会社としても、つい最近妥協したばかりで、さらなる値下げには応じる余裕はない。また、検査については、ロシアからの検査官も居ることだし、会社だけの一存ではいかなかった。勢い重郎の姿勢も強硬にならざるを得なかった。

争議はとうとう罷業に突入した。

交渉の席で、重郎は、池田等に罵詈雑言を浴びせられた。

「役員の給料が高額過ぎる」

「株主への配当を減らせ」

前回と同じように、重郎が計算書を持ち出して説明を始めると、池田が駆け寄って書類を床に投げつけた。

「あんたが堂島の屋敷を売ればええんや」

「庭の盆栽を始末しろ」

「このチビ助の資本家め」

へとへとに疲れて家に帰る。耳の奥底では池田達の罵倒ががんがん響いて、いつまでも鎮まらない。

『わし、そんなに悪いことしたんやろか』

重郎は自問自答する。たしかに家は金にあかせて造った豪邸だった。重郎の汗と努力の結晶だった。しかし、池田の言うように工員達を搾取している積りはなかった。会社が儲かったから彼等にはどこの工場にも負けない高給を支給している自負はある。

『わからん、どうしてもわからん』

重郎には自分のどこがいけないのか分からなかった。交渉の席での池田は本当に鬼のように思えた。二人きりになったときの含羞を含んだ笑顔の池田とは別人のようだった。所詮、池田は重郎とは別世界の人間だった。しかし、そうだろうか、と重郎は思う。連中には重郎と同じ工場で働く人間の血が流れている。こんな争議が無かったら、連中とは汗と油にまみれて工場で一緒に働いている。自分は今は経営者であるが、本当は彼等の仲間でもある。それに今回も思うことであるが、いつ重郎が彼らと同じ立場に立たないとも限らない。だから重郎には彼等がどうしても悪い人間には思えなかった。

『こうなったら腹を括るしかあらへんな。どちらが先にへたばるかの競争や』

それからの重郎は、交渉の席で、どのように難詰されてもひたすら座っていた。交渉がどんなに長時間にわたっても自分から席を立とうとしなかった。

十六

重郎が悪戦苦闘している間、他の役員達が信じられない行動に打ってでた。罷業に参加した工員の切り崩しを始めたのだ。梅田の安い飲み屋で、大西が罷業工員達と一緒に飲んでいたという噂が流れたりした。事実、罷業への参加者は日に見えて減っていった。

しかし、池田達中心メンバーは強硬だった。交渉の席では口を極めて重郎を責めたてた。

そんな膠着状態のある日、突然工場に憲兵がなだれ込んできた。そして問答無用で池田達中心メンバーを連行していった。あっけなく罷業は幕引きとなった。

二、三日後、重郎は会社の廊下で出会った大西に抗議をした。

「あんなことしてほんまの解決にはならへんやないか」

「早う済んで良かったやんか」

新聞を小脇に抱えた大西は急いでいた。会社では大西はまた相場に手を出しはじめていた。重郎との間が疎遠になり、傍にやかましく咎める者がいなくなるとまた相場師の虫が騒ぎ出したらしい。事業に専念するとの重郎との約束などとうに忘れている風だった。小脇に抱えているのも株情報専門の新聞だった。

「ほんでも、あいつらにはあいつらの主張があるやんか。聞き入れられるもんは聞き入れてやらな、また騒動が起こるで」

それを聞いた大西は重郎を睨み付けた。

「あんたは結局職工上がりや。経営のことは何もわかってへん。あんたのやり方は甘すぎる言うて宮原さんもごっつう怒ってはったで」

唐突に宮原の名前が出てきたので重郎は聞いた。

「あいつらを買収するよう入れ知恵したんは宮原さんか」

「そうや、宮原さんも、あんな奴ら、二度と起き上がれんよう叩き潰すんが一番やて言うてはった」

大西はそう言い放つとそそくさと立ち去った。

十七

ロシアで社会主義革命が勃発した。国内に革命を抱えてロシアは大戦どころではなくなった。

重郎の会社に常駐しているロシア人が動揺を始めた。まず監督官のカチューシャの姿が見えなくなった。なんでも国へ帰ったという。国に残した娘のことを心配してからだった。代わりにソモフという男性の監督官が赴任してきたが、しかし、彼はまだ若く、検査官達に押しが利かない。それを反映してか検査官達の検査に緩みが生じてきた。

検査官達も落ち着かなくなった。なかにはあわただしく会社の同僚である日本人の女事務員と結婚した者もいた。

中には刃傷事件に巻き込まれるロシア人もいた。そのロシア人はある日突然工場に姿を現さなくなった。重郎がソモフに聞いてみても首をかしげる。何日かして新聞記事で事件が報道された。

そのロシア人は、地元の旧家の娘と結婚した。ところが、彼には祖国に妻と四人もの子供がいたのだ。つまり彼は重婚だった。怒り狂った娘の兄が彼を刺したのだ。幸い傷は致命傷に至らなかったが、傷の癒えた彼はロシアに送還される事になった。

ところが、彼は祖国に帰ることを望まず、娘と二人で駆け落ちをした。まもなく南樺太の国境近くで二人の心中遺体が発見された。

二人の間で何があったのだろう。なぜ彼はロシアへ帰ることを拒んだのだろう。ロシアに残された彼の妻や子供達はこれからどうなるのだろう。どうして二人はロシアの見える国境付近で死んだのだろう。

この事件は、新聞に興味本位で書き立てられた。二人の心中は、日本人によるべき国家がなくなるということがどんなことかを教えてくれた。それでロシア人の方が重婚罪という罪を犯したのにも関わらず、世間はおおむね二人に同情的だった。

十八

その頃、重郎は梅田の雑踏で、あの監獄で出会った占い師の老人の姿を見た。相変わらず、筮竹を立てた卓を前にして、低い椅子に座って、鋭い目で通行人を見つめている。

老人とは、監獄といい、ロシアからの信管の受注の時といい、重郎の人生の節目節目で出会っている。薄気味の悪い不吉な予感がして、老人を見かけると人影に隠れるようにして通り過ぎた。

その日の役員会の時だった。その時も議事はいっこうに盛り上がらなかった。役員室の入り口で人の言い争う声がする。と思うまもなく一人の老人が飛び込んできた。

「あんさんや、あんさんや」

老人は重郎を指さした。あの占い師の老人だった。

「今朝あんさんを梅田で見かけたんや。あんたの顔にはとんでもない相がある。それであんたを付けてここまで来たんや。」

老人は重郎に駆け寄ると手首をつかんだ。老人からは鼻をつまみたくなるような猛烈な体臭が発散している。

「あんさんは近々揉め事に巻き込まれなさる。それであんさんは仕事から手を引きなさる。それがあんたの為にも一番良い方法だ。それをあんさんに言いたかったんや」

老人は何度も繰り返した。最後に重郎をぐっと睨みつけてやっと手を離した。

宮原が直ぐに守衛を呼んだ。守衛が二人、部屋に飛び込んできた。たちまち老人は取り押さえられた。

「この会社は大阪では東北の鬼門にある。この会社には今に災難が降りかかる」

守衛に連れ去られながら、老人は大西や宮原を指差してわめいた。

「お前達には直ぐに天誅が下る。この大戦で濡れ手に粟をつかんだお前達はみな一網打尽だ。お前達と共にこの国は崩壊する」

大西は部屋の隅でぶるぶる震えながら怯えきった目で老人を見ていた。

「その薄汚い死にくさしの年寄を直ぐに警察へ引き渡せ」

宮原も青ざめた顔で守衛に命じた。

十九

重郎と他の役員達との溝は深まる一方だった。会社で顔を会わせても露骨に重郎を避けている。他の役員達は重郎を危惧と疑惑の目で見ている。しかもその態度はいささか感情的である。これ以上、彼等と一緒にやっていくのは限界だった。このところ、重郎は自分の進退について心中深く決するところがあった。

それ以上に大事なのは、向洋の人達との契約である。もう土地購入の契約は締結している。みんな喜んで、この話に便乗して土地の値上げなどはすまいと申し合わせをしている。その人達にいまさら取りやめますと口が腐っても言えない。

そのうちに会社に恐れていたことがやってきた。ロシアからの受注が減りだしたのだ。そのうち、支払いまで遅れだした。このままではいけない。早急な対策が必要である。しかし、会社内での腹の探りあいの中、重郎は動く気にもなれない。

その頃、重郎は、不動明王の仏像を仏壇の隅から取り上げてはよく話しかけていた。

『お不動さん、わしどないすりゃええんやろ』

養父の東山にそっくりの顔をした不動明王は例によって、笑っているような、泣いているような、怒っているような表情を浮かべている。

『おとん、わし、あの連中とうまいことやっていけんようなったわ。おとんが言ったとおり連中の話を聞こうにも逃げよるしな。わしも話す気にもならん』

いつのまにか不動明王ではなく死んだ東山に話しかけている。しかし、不動明王の表情は曖昧なままだった。

『ほんま、わし、どないすりゃええんやろ。おとん、おとん、何でわしに答えてくれへんのや』

二十

その頃、会社に珍客があった。ハワイに渡った兄の竹助だった。

竹助は、男の子を連れていた。聞けば、太郎という息子だという。この息子を日本の学校へ入れるため、向洋へ帰ってきたのだ。ハワイへ帰る前に大阪の重郎に会いに来たと言う。

以前帰った時、見合いをしたふじとの間にもう五人の子供が出来ていた。あの時から何年経つだろう。このように竹助そっくりの息子を見ていると、つくづく月日の経つのは早いものであると思う。その分自分も歳を取ったことになる。

竹助は、今ではハワイに五軒の雑貨店を経営しているという。

「子供が五人、ショップが五軒。子供生まれるたびに一軒ずつ増やしたね」

竹助は大きな声で陽気にしゃべった。相変わらず派手なシャツを着て、あの頃よりまた一層色が黒くなっている。会話にも英語が多くなっている。

「立派なファクトリーね」

工場を案内する重郎の説明に、竹助は大仰な身振りでいちいち感心している。

「おじちゃんのファクトリーね。太郎も大人になったらこんなファクトリーを作るね」

息子の頭を撫ぜながらそう言い聞かせている。

その夜、竹助は重郎の家に一泊した。

「この家、幾ら位マネーかかったの」

重郎の邸宅を見回しながらそんなことも聞いた。

息子の太郎はすぐにいとこ達と仲良くなった。太郎のしゃべるたどたどしい日本語が笑いを誘った。女学校に通っている美智子や敏枝は、太郎に片言の英語で話しかけている。

夕食が終わって重郎は竹助と二人きりになった。二人きりになると、竹助は急に真面目な顔になった。

「でもね、チビ、大戦が終わったらどうするの。仕事を変えなきゃね」

返事に窮している重郎の耳元で竹助はささやいた。

「僕の次のショップの予定はアメリカ本土よ。アメリカは広いね。ビジネスいくらでも出来る。狭い日本とは違うね」

竹助は重郎の肩に手を廻しなおもささやいた。

「チビ、何か困っていることがあるんじゃないの。困っていることがあったら僕に言いなさいね」

重郎は竹助につられて会社での自分の置かれている現状を話そうとした。しかしやめた。話すには竹助は余りに遠くに住んでいた。それに陽気でからりとした竹助に陰湿な会社の現状を話すのはそぐわない気がした。

「チビ、ハワイへおいでよ。狭い日本で角突き合わせていることないよ。新天地においでよ。おいでよね。絶対おいでよね」

竹助は自分の頬を重郎の頬にすりつけながら何度も言った。

それにしても竹助はなぜこんなことを言うのだろう。

重郎の会社のごたごたは格好の新聞種になっている。それを読んだのだろうか、それともどこかで人の噂を耳にしたのだろうか。

二十一

会社が休みの日、重郎は窪田の家を訪ねた。いつものように南海鉄道の難波から難波御蔵を見ながら歩いて行った。

窪田は本宅にはいなかった。

家族の者に聞くと工場に行ったという。同じ敷地内なので、そのまま、休日で静まり返った工場の方へ歩いて行った。別に約束を取り付けていたわけでもないので、窪田に会えなければそのまま帰るつもりだった。

秋真っ盛り、敷地に植えられた樹木が紅葉していた。このような紅葉を見ると、広島の景勝地宮島を思い出す。子供時代の重郎は何回かしか連れていってもらわなかったが、秋の深まりと共に島全体が真っ赤に燃えるように色づく。こうして静かな場所を所在無げに歩いていると、頻りに思い出すのは故郷の景色だった。

工場の敷地には出来上がって積込を待つばかりの鋳鉄管が積み上げられている。

その鋳鉄管の山を重郎が見上げていると、傍の鋳鉄管の中から突然窪田が這い出してきた。休日なので窪田は和服を着ている。それが鋳鉄管の中を這い回ったため裾や袖口に泥が付いている。

「何なさってますのん」

重郎はびっくりして聞いた。

「いや何ね、これ明日出荷やけどどうも中の接合が心配でね」

窪田は和服の泥を払いながら何事もなかったように言った。

「この工場も、鉄管と機械の製作で手狭になってしもうたわ。この鋳鉄管も屋根付きの場所に置いた方が良いんやがその場所も無いんや。最近恩加島に土地を買う話が持ち上がってな。もしそれを買うようなら将来はそこを鉄管専門にしてここは機械だけこさえるようにしようと思うとるんや」

窪田は、そんなことを話しながら先に立って歩いた。

「で、重ちゃんこそ、何。こんな休みの日に」

窪田に聞かれて、重郎は工場での役員同士の確執、そのための自分の不安定な立場を説明した。窪田はうなずきながら聞いていた。

重郎は、すぐに暇乞いをしようとした。敬愛する窪田に聞いてもらえただけでも気持が落ち着いてきた。

「何を言ってるんや。そんな大切な話はここじゃ何やから家に入ろう。重ちゃんもよっぽど思い詰めてうちへ来たんやろうからなあ」

窪田は、重郎を家に招き入れた。和服を着替えた窪田はお茶を飲みながら聞いた。

「もう一遍くわしく話してや」

重郎もまた同じ話をした。二回繰り返すとさらに気持が落ち着いてきた。

「ところで重ちゃん。僕は前から言おうと思っていた。確かに重ちゃんは信管で当てた。けどなあ、それは一時のものや。戦争が終わると同時になくなるものや。そやからポンプへ帰りいな。重ちゃんにはポンプがあるやんか」

「けど、会社も帝国兵器製造と名前を変え、兵器専門に……」

窪田は重郎にみなまで言わせなかった。

「いや、僕は反対やな。兵器って戦争に使うもんやろ。戦争って人殺しやで。それにほんまの人間の幸せはないがな。兵器やなしに国民の生活に真に役に立つ製品があるやろ。例えばポンプがそうや。それがほんまに人を幸せにするもんや。うちも大戦前の不況であちこちの市町村で水道工事が見送られたとき、機械工業をやり始めた。兵器に手を出したら簡単やったかもしれんけど、僕は兵器は嫌やったんや」

窪田の話は見事な正論だった。重郎は正論の持つ迫力に何も言えなかった。

「僕には、向洋に工場を移すのが良いのかどうかよくわからん。要は重ちゃんがどう考えるかや。その上で、他の役員と合わんのならそりゃ別れるしかないな。どうでもいいやんか。あんな相場師連中なんか」

窪田はそう言って大西や宮原を切って捨てた。

別れ際、窪田は重郎にしみじみと忠告した。

「重ちゃんな、技術者というのは一本気な者や。単純な者や、裏も表もあらへん。そやけど僕はそれを通してもらっている。それは僕が社長だから出来る話や。重ちゃんも社長になりいな。なって重ちゃんのやりたいようにやりいな。そうでないとまた今度みたいな目にあうでえ。人生は短い。自分の生き方を貫くだけで終わってしまうわ。人に遠慮してるような暇あらへんわ」

「そやけど、僕、二十歳の時事業に失敗した人間やから」

「これはまた重ちゃんに似合わんことを。ほなら何か、重ちゃん、ポンプの研究で失敗した時、あきらめたか。あきらめんかったわな。あきらめんかったから特許も取れたんやな。一度や二度の失敗が何やねん。そんなもん蚊に刺された位のもんやないか」

重郎は窪田に相談して本当に良かったと思った。窪田は重郎のことを本当に理解してくれている。窪田のように正論をかざして真正面から堂々と生きていく。自分も窪田のような生き方がしたいと思った。これからも窪田を人生の師にしていこうと思った。

二十二

やはり会社が休みの日、重郎は一人でふらりと向洋に帰った。

向洋の沢村の家に行き、率直に今の会社の状況、自分の置かれている立場を話した。

「会社を辞めようと思う。それで、向洋に帰って工場をやりたい」

沢村は大喜びだった。

「それは大歓迎じゃ。自分が中心となって、工場の株主を募ろう」

休みにもかかわらず、十一ヵ町村の委員も沢村の家に集まってきた。委員達も沢村と同様だった。必ず皆で力を貸そうという。

沢村らに囲まれた中重郎は退職を決意した。

沢村達は、会社ではなく、重郎を信頼してくれていた。彼等にとっては、帝国兵器製造という会社より重郎が重要なのだ。それが重郎の心を打った。これは絶対に大事にしなければいけない。これは絶対に裏切ることの出来ないものだった。

自分の本心を偽って周囲と付き合っていく、そんな面従腹背の生き方は始めから重郎の中の選択肢にはなかった。それよりは信を寄せてくれる故郷の連中と仕事をしたほうが良いではないか。

自分は人から受けた恩は絶対に裏切らない。しかし、人への信は相手から裏切られることもある。今回がそうだった。そのときどうするか。

『その時は僕はその場を去る』

長崎で仲の良かった倉本の言葉が蘇った。あのおとなしい倉本の断固たる口調が耳に残っている。

一度そう決意すると何の迷いもなくなってきた。

二十三

重郎から辞表が提出されて、大西を始め他の役員達は狼狽した。

他の役員達も重郎との関係修復を何とかしないといけないとは思っていた。しかし重郎が辞めることまではあるまいとたかをくっていた。

重郎の突然の辞表で、あわてた大西等は、宮原に依頼して引きとめを図った。

宮原が靭の屋敷に重郎を呼び寄せた。

「この会社は重ちゃんの技術で持っている会社だ。その肝心の重ちゃんがいなくなると会社は困るのだ。重ちゃんがいなくなるとたちまち立ち往生してしまう。まるで羅針盤のない船のようなものだ。ただ単に会社が困るだけではない。この業界も困るのだ。業界だけではない大阪も困るのだ。ひいては日本も困るのだ。是非考え直して欲しい」

宮原は歯の浮くようなことを言って引き留めを図った。しかし、重郎には宮原の言うことに何の誠実さも感じられなかった。きっと大西達の前では全く別の事を言っているに違いない。『日本も困る』など心にも無いことをよくまあ言えるものだと思う。重郎はこの頃ではほとんど宮原を信じていなかった。

重郎は、宮原に向洋の人との契約に触れ、その契約を守るためにも自分が身を退かなければならないことを述べた。

「だったら、その向洋とやらの人達に適当な金を払って、この話は無いことにしてもらったらどうやねん。まだ契約の段階やから解約ということもある。なんなら私が良い弁護士を紹介しようか」

しかし、重郎には宮原の言うことは違うと思われた。これは単なる契約の問題ではなかった。これは信義の問題だった。

いったん固めた重郎の決意は固かった。ここで妥協したところで、他の役員達と根本的な考え方が違う以上、結局は決裂するに決まっている。出処進退は明らかにしなければならない。

「もう決めたことですから、どうぞ、もう手をお引き下さい」

重郎は、そう言って宮原の屋敷を後にした。

二十四

重郎の出した辞表は、さまざまな口実を設けてなかなか受理されなかった。業を煮やした沢村が、十一ヵ町村の委員の中の有志と連れ立って向洋から来阪してきた。役員達と膝詰め談判をしようというわけだ。

例によって大西は逃げて会おうとしない。そこで宮原が会うことになった。

「今回の松井君の判断は間違っている。兵器工場は明石で十分だ。向洋くんだりまで移転する必要はない」

一同を前に、開口一番、宮原はそう決め付けた。

「松井さんを向洋に戻してつかあさい。松井さんを男にしてやってつかあさい」

沢村が宮原に訴える。それに対しても宮原は反論した。

「いまあなた達は松井君を向洋に戻そうとしているが、松井君は長年大阪で基盤を築いているから、大阪あっての松井君で、大阪を離れるのは考えものや。それに、株主を募るというが、広島というところは株に熱心でなく、とても必要な額は集まらんやろ。広島の株式取引所はもう長い間閉鎖されている。地元財界は再開に向けて中央に働き掛けているがなかなか認可が下りん。それは広島というところは株式の売買が盛んでないからや。これは長年株に携わってきた僕が言うのだから間違いないわ。それでは松井君を男にするどころか、死なすようなものと違うか」

さすがキレ者である。話にいちいち説得力がある。こんな役員達が相手では、重郎は次第に追い詰められざるを得ないだろう。しかし、沢村も負けてはいなかった。

「向洋は貧しい土地でがんす。農業と漁業しかありません。それだけじゃ豊かにならん。みんなそれを知っとるから、土地の将来の発展策として、全力を挙げて工場を誘致しようとしよるんです。この気持はあなた方には分かりますまい。松井さんだから分かってくれるんです。皆全財産を投げ出す位の意気込みですけえのう。仰せのとおり、広島で株を集めるのはむつかしいかもしれません。しかし、皆一家一株でも買う気でいます。大阪だけが日本じゃありませんで。向洋も日本でがんすよ」

宮原は腕組みをして沢村の訴えを聞いていた。聞き終わった後もしばらく沈黙していた。沈黙の後、宮原はふっとため息をついて言った。

「そこまで覚悟をされているのなら、お好きになさい。松井君はいずれここを出ていく人間や。あの松井君の性格が松井君をここまで成功させ、同時に松井君を大成させない。残念なことや。わかりました。辞表は受け取りましょう」

最後は投げ出すような宮原の口ぶりだった。結局、重郎や沢村の郷土愛は最後まで商才にたけた宮原の琴線に触れることはなかった。元牧師とは言いながら、今の宮原は商人に徹し切っていた。

二十五

重郎の辞表は正式に受理されることになった。

「松井さん、ご立派な郷土愛やな」

いよいよ退職という時、逃げ回っていた大西が重郎の部屋に来て言った。初対面から『重ちゃん』と呼んでいたくせに今回はよそよそしく『松井さん』だった。

「故郷は遠くにありて思うものやで。僕は絶対、広島に帰る気はないな。あんな田舎で何ができるねん。少なくとも今の会社を投げ出してまで帰るほどの価値はないわ」

まことに冷ややかな大西の態度だった。重郎の労苦をねぎらう言葉は一言もなかった。かつては『絶妙のコンビ』と言われた時もあったが、別れるとなるとあっけなかった。

重郎は自動車で役員や株主のもとに挨拶に回った。ほとんどの役員や株主が会うのを断ったり、居留守を使ったりした。

続いて玄道と窪田に会った。

「何事も仏の御心です。人間その御心の通りに生きることです」

玄道は、涙を流しながら手を合わせてくれた。

「重ちゃん、よう決心したな。人生至る所青山ありや。こうなった以上向洋で頑張りや。向洋は重ちゃんを待っている」

窪田は励ましてくれた。

重郎の持株は窪田に売ることにした。重郎は本来の持株の他に二千株の功労役員株を持っていた。窪田のような人間が、自分の去った後の会社の大株主になることは会社のためにとても良いことに思えた。窪田は快く引き受けてくれた。

「これからも今まで通り付き合って下さい」

窪田の前では涙が出てきた。このごたごたの間誰の前でも泣かなかったが、兄とも思う窪田の前では涙が止まらなかった。

「おう、おう。重ちゃんは僕の弟や。弟なら一生面倒見るわ」

窪田も涙を流しながら言った。

重郎の退任が新聞で発表されると、百円の株価が七十五円に下がった。

「松井が窪田に手持ちの株を売り飛ばしたからだ」

会社は社長の大西が記者に弁明した。

会社外の関係者で挨拶をするのはこの二人だけにした。会わないで黙って去ることが、今の重郎にとって一番の挨拶のような気がした。

慰労会とてない、文字通り『石を持て追われるごとく』重郎は会社を辞めることになった。

二十六

ロシアは、ドイツとの間に講和条約を締結した。まもなく大戦は実質的に終結した。そうなると、受注が減少するどころか、注文そのものがなくなってしまう。恐れていたことが現実になってきた。会社の株価はどんどん下落していった。とうとう五円にまで下落した。株券はほとんど紙屑寸前だった。

辞表が受理されて、重郎は日々残務整理に追われていた。

そんな多忙な日、義兄の玄道から聞いたといって、山本嘉道が会社に会いに来た。

「重ちゃん、何や、何があったんや」

久し振りに見る山本は、相変わらず精力的だった。

「大西の奴、わしに会いやがらん。あんな奴とは思わへんやった。広島県人の風上にも置けん奴や」

重郎はかいつまんでこれまでの経過を話した。話を聞き終えると、山本は腕を組んでじっと考え込んだ。

「まあ、どっちにも言い分はあるな。要は別れる潮時だったのかも知れん」

その後笑いながら苦言を呈した。

「そやけど、重ちゃん。こうなるまでに僕に一遍相談してほしかったな。多分重ちゃんのことや。大西らに何の言訳もせえへんかったんやろ。それはそれで重ちゃんらしいわ。そやけどわしに一言言うてくれたら、大西を殴ってでも話し合いの場に引っ張り出したのに。そうしたら大西達とこんな気まずい別れ方をせえへんで済んだやろ」

そうなのである。重郎はすっかり忘れていたが、山本がいたのである。山本なら確かに破天荒なやり方で決着をつけたかもしれなかった。重郎は一言も無かった。

「ほんま済まなんだなあ」

重郎は謝った。

「なあに、なあに。重ちゃんがまた一からやるだけや。重ちゃんなら向洋だろうがどこだろうが立派にやっていくわい。僕なんか見てみい。いつも一から出直しやで」

山本は屈託なかった。

「ほな、重ちゃん。またどっかで会おうな」

山本は手を振り振り部屋から出て行った。

二十七

会社を退社した重郎はすぐに向洋に帰ることにした。向洋へ永住となると、住む家から探さなければならない。娘達の女学校の転校のこともあるし、近々二度目の足の切断手術をする入院中の常次の容態も気になった。

それらはおいおい片付けるとして、とにかく中断したままの計画を進める必要があった。

三月になり、冬の寒さもようやく緩みはじめた。日中には時々春の到来の近いことを思わせるぽかぽか陽気があった。しかし、二、三日前から寒さがぶり返し、重郎が大阪駅から汽車に乗り込む時には、小雪がちらついていた。

今回の帰広については家族以外には誰にも告げていなかった。ところが、大阪駅には思いがけない人間達が重郎を見送りにきた。池田と工場の職工達だった。職工達の中には新婚の高木もいた。また重郎が林田商会から引き抜いてきた佐々木もいた。

「仕事が忙しいのに見送って貰うてすまんな」

重郎が佐々木にお礼を言った。

「松井さん、僕、会社をクビになりましてん。大西さんから今朝言い渡されましてん」

佐々木が思いがけない事を言った。佐々木は笑ってはいるが、心持悄然としているようだった。何ということだ。確かに重郎に忠実な佐々木は、大西にとって目の上の瘤であったに違いない。重郎の退社をこれ幸いと馘首したのだ。重郎は怒りがこみ上げてくる。

「僕のために、ほんま申し訳ないなあ」

重郎は心から謝った。

池田が職工達を指さしながら言う。

「この連中は皆、松井さんについて向洋に行きたい言うてます」

職工達はいずれも上福島からの連中だった。松井ポンプ合資会社から独立する時、重郎についてきた連中だった。中には新婚の高木のように本庄横道町からの者もいる。今回も大阪から田舎の向洋までついていくと言ってくれている。

「とにかく今回は急やったからな。向洋で落ち着いて工場を始めたら、改めて声を掛けるからその時はよろしゅう頼むわなあ」

重郎は一人一人に頭を下げた。

「佐々木さん、あんたもや。このまま放っておかん。必ず迎えに行くからな」

発車のベルが鳴った。

「松井さん、争議の時にあなたが真正面からぶつかっていく人だということがよく分かりました。立場が違うんでこれまで松井さんとは対立するしかのうて残念です。向洋ではほんま頑張って下さい」

池田は重郎に追いすがりながら言った。その目には涙が溜まっていた。

小雪のちらつく中、池田達はホームに立って何時までも見送った。

結局、役員達は一人も姿を現さなかった。いざとなった時重郎を見送ってくれたのは池田や工場の連中だけだった。

二十八

汽車の窓からたそがれの大阪の街の灯が粉雪に震えながら流れていく。

『青春の大阪、大阪の青春』

十三歳の重郎は始めてこの大阪の地を踏んだ。あちこちを転々としたが、やはりこの大阪での生活が一番長かった。大志を抱いてこの大阪の町を隅から隅まで走りまわった気がする。その重郎も今四十二歳。この町ともお別れだった。

『あかん、またやってもうた。どないしょー』

時折、後悔のようなものが胸をよぎる。

『おとん、わしまたおとんの言ったようにようやらんかったわ』

重郎は心の中で養父の東山に詫びた。東山の言っていた通り、他の役員達ともっと話し合っていたら別の途があったかもしれない。山本も同じことを言っていた。

それにもかかわらずまた今度も身を退いてしまった。

しかし、辞めてしまった以上くよくよしても仕方ない。こうなったら向洋の計画に全力を挙げて取り組むだけだ。結局、自分は相場師の大西や宮原達とは合わなかったのだ。向洋では、大阪駅で自分を見送ってくれた連中と工場をやりたいものだと思う。機械を愛し、仕事を愛し、世のためになる製品を世に送り出したい。その時は、尊敬する窪田に役員をお願いしよう。

それで駄目なら、その時は一職工として又工場へ戻ればいい。汚れた窓、薄暗い明かり、舞い立つ埃、そこには仲間達もいる。そして重郎が何よりも愛する機械が騒音をあげている。工場こそ、自分の本当の居場所だと改めて思う。

それを考えると何だか力がわいてくる。

『自信・人信・天信か。今回も自分の信を貫くため、身を退いた。わしも倉本の言った通りのことをやっている。業なもんや。そやけど所詮それがわしの人生やろ』

窪田、山本兄弟、大西、皆広島のあちこちから大志を胸に秘めこの大阪へやって来た。彼等は一応成功者だ。しかしこれら一握りの成功者はまだ良い、多くの若者は夢破れて故郷に帰り、あるいは大阪の騒音の中、塵埃の下に埋没して一生を終える。

はたして自分はどちらなのであろうか。一旦は成功者とされながら今は大阪を追われ向洋に逃げ帰っている。自分は果たして成功者なのか、失敗者なのか。

眠くなってきた。ここ何ヶ月かのごたごたからやっと解放されたからかもしれない。

一時間も経ったろうか。気が付くと重郎はうたたねをしていた。目が覚めると、汽車はまだ三宮だった。雪はだんだん激しくなっていた。明日の朝、無事に向洋に着くのだろうか。暗いガラス窓に自分の顔が映っている。よくみると目に涙を溜めている。

『わし、何で泣かないかんねん』

これまで、工廠で先輩達からいじめれても泣かなかった。事業を始めても、製品が開発できなくても、資金繰りに苦しんでも決して音を上げることは無かった。

『わしが泣くのは、肉親に死なれた時と人から情をもらったときだけや』

そう自負していたはずだった。ではどうして泣くのだろう。

『もう、ええわ。ここは本格的に寝てしまおう』

ガラス窓の自分の顔も身体の芯から疲れた顔をしている。三宮のネオンサインが重郎の顔とだぶってまたたいている。

明日の朝は向洋に着いている。そこは故郷の地だ。重郎の帰りを待っている母や沢村達のいる故郷の地だ。

終章　それぞれの戦後

一

大正七年、第一次世界大戦は終結した。直ちに不況が予想されたが、案に相違して、翌年の大正八年には大戦中にも増して好況が到来した。これは、復興物資の不足をきたしたヨーロッパからの需要が、日本に殺到したからだった。

しかし、それは錯覚にすぎなかった。ヨーロッパの生産力が次第に回復するにつれ、不景気がやって来た。大正九年三月、株式は大暴落をした。恐慌の始まりである。

重郎と最後の別れをした大正六年三月頃、山本嘉道は「山嘉相場」と呼ばれる三品の買い相場を張っていた。それまでも三品相場は高騰していた。嘉道はこれを天井知らずと判断して、市中の売り物をほとんど買い占めるほど強気で買い進めていった。嘉道の思惑には、兄の玄道の店の「双童鹿」という綿布が中国市場で売れに売れていたからだった。大戦が長引くほど、綿布はもっともっと売れる。中国だけでなく南方にも売れる。嘉道はそう読んだ。

重郎の会社に姿をみせた時の嘉道は、相場師の精気が全身に横溢していた時だった。

しかし、ほどなくその年の七月の坐摩神社の夏祭りを天井にして相場は暴落した。この大暴落であっという間に嘉道は巨額の損失を蒙った。山嘉商店は破産した。嘉道は行方不明になった。それ以後、嘉道の行方は杳として知れなかった。残された妻や八人もの子供達は兄の玄道や他の親族に引き取られた。一家は散り散りになってしまった。

嘉道は、豪傑風の外見に似ず、家庭をとても大切にしていた。だから家族を見捨てるのはよほどのことであったろう。しかし、嘉道をしてそうせざるをえないほどの巨額の損失を抱えての山嘉商店の倒産だった。

嘉道らしい散り方とも言えた。その後の大柄な妻や八人の子供達はどうなったのだろう。しかし、その消息も、まもなく日本全土を襲った恐慌の物情騒然たる世相の中で人の口の端にものぼらなくなった。

嘉道の兄の玄道は中国貿易で巨額の富を得た。「双童鹿」が売れたからだった。しかし、玄道にとって義弟の不祥事は大きな精神的打撃を与えた。もともと、仏心を抱いてものごとに無常を感じる人である。玄道はそれからしばらくすると、引退して京都に引っ込んでしまった。長年の激務で、神経衰弱になり、睡眠もろくろくとれないという健康上の理由もあった。

引退後、玄道は、あちこちの神社や寺院に多額の寄進をし始めた。財団法人山本厚生病院設立や郷里の尾道市の上水道建設にも多額の寄付をした。世間では玄道を『捨てるために儲けてきた人』と呼んだ。

二

大戦の終結は、ロシアからの信管製造で成長してきた帝国兵器製造にも大きな打撃を与えた。

まず、ロシアからの受注が途絶した。四百二十五万円にも及ぶロシアに対する未収金が残った。それまで、ロシア政府から、支払証明書を受け取り、それを担保に金融機関から融資を受けていたが、未収金の回収が進まない以上、それはそのまま、金融機関からの借入金として残った。大正七年になってようやくロシアから未収金を回収したが、大半を値引きし、巨額の欠損を計上した。また、信管の在庫や半製品、原材料などもあちこちに当たってみたが、どこも買い取ってくれず、これも大正七年に廃棄処分を行った。そのため、大正七年の決算では百九十二万円の赤字決算となった。

大株主の窪田を中心に再建委員会が組織された。委員会は、まず最初に、現経営者の退陣を要求した。社長の大西は赤字の責任を取るかたちで退任した。宮原も任期満了を理由に退任した。大西はともかく、宮原は留任することもできたのであるが、機を見るに敏な宮原は、沈没しかけた船から真っ先に逃げ出していった。帝国兵器製造を退社後もいろいろな会社の役員を歴任したが、彼の晩年の活動にはかつての精彩は感じられなかった。もともと宮原には心臓病の持病があった。『強そうで弱い宮原の心臓』、と陰口を叩かれていた。まもなく宮原はその心臓病で亡くなった。

ロシアからの受注がなくなった以上、会社としては信管に代わる新たな新製品を開発しなければならなかった。重郎が自分を信奉する技術者を連れて退社していたので、重郎に代わる技術者を補充しなければならなかった。その技術者の力を借りて、新製品開発に取り組もうとした。

新たな新製品として水道メーターを製作することにした。そのための技術者として、近畿鉄工から森遠という技師を招聘した。森遠は、大阪市や関西鉄工所で、水道メーター製作一筋に歩んできた技師だった。近畿鉄工はその頃窪田の窪田鉄工所が買収していた。窪田の命令で、森遠は近畿鉄工から帝国兵器製造へ移籍することになった。まもなく森遠は自分の特許を使って水道メーターを製作した。この水道メーターは『アサヒ』と名付けられて売り出された。

しかし、このような努力も、信管製造中止で計上した巨額の赤字を解消することにはならなかった。その後も長い間帝国兵器製造は累積赤字の解消に苦しんだ。

三

日本兵器製造を退社した大西であったが、その頃、自分の会社である福喜洋行も破たんの危機に見舞われていた。

大西は、大戦中、染料だけでなく工業薬品の相場にも手を出していた。見かねた重郎が、大西に帝国兵器製造の事業に専念するよう頼んだこともある。大西は一時的に重郎の諫言を聞きいれたが、もともとの相場好きの天性は直らなかった。重郎が在社している間こそある程度遠慮していたが、重郎が退社した後は誰はばかることに無く工業薬品の相場を張っていった。

大戦の終了は福喜洋行を直撃した。染料・薬品の価格は急落した。福喜洋行は巨額の赤字を計上した。それ以前、友人の山本嘉道に少なからぬ資金を貸し付けていた。山嘉商店の倒産でそれが回収不能となったことも追い打ちをかけた。社長をつとめていた帝国兵器製造の株価も激落していて、株式を売っても赤字の穴埋めにもならなかった。

慌てた大西は堂島の米穀に手を出した。大西にしてみれば、堂島で利益を得て、それで損失を穴埋めする積りでいた。しかし、北浜で株式中心に相場を張っていた大西は堂島の取引に慣れていなかった。素人予想がまったく外れて逆に八十万円もの大穴をあけてしまった。これで福喜洋行の行き詰まりは決定的になった。

結局、大西は破産した。

大西が自殺したのはその一年後だった。金の切れ目が縁の切れ目となって愛人の若い女は早々と大西のもとを去っていた。大西はか細い声を出す病妻のもとに帰り、自宅で持病の糖尿病の療養をしていた。ある朝、妻が薬を持って大西の部屋に行ってみると、大西は梁に首を吊って死んでいた。

世の中には恐慌の嵐が吹き荒れていた。連日会社の倒産が報じられていた。苦境にある会社の社長の自殺も連日のように報じられていた。大西の死もそれらの記事の一つとして新聞に載った。しかしこれもまもなく人々の記憶から忘れられていった。

四

各企業が恐慌の中で業績の不調に呻吟するのをよそ目に、窪田鉄工所だけは大幅に売り上げを上げていった。

大戦前の長期不況の中で、市町村の水道工事は次々と見送られた。窪田の対応は素早かった。本来の水道管製造とは別に新製品の開拓を図り、工作機械の製造に着手した。つまり重郎に語ったように事業の多角化を図ったのだった。

大戦がはじまると、工作機械の輸入が途絶して、国産化の機運が高まっていた。窪田は、砲兵工廠や大阪造船所などから技師や熟練工を招聘して、工作機械製造を軌道に乗せていった。工作機械だけではなく、大戦景気に乗って活況を呈している造船・鉄鋼業界へ舶用機械や製鉄機械を提供して、事業を展開していった。

やがて、工場が手狭になったので、尼崎に鉄管専門の、恩加島に鋳物専門の工場を開設し、旧来の船出町の本社工場は機械の専門工場にした。

大戦が終結して、窪田鉄工所の機械部門も大きな打撃を受けた。造船・鉄鋼業界は、大戦中もっとも好景気に沸いただけにその反動も大きかった。鋳物部門も同様な業界から受注していただけにこれも受注が減少した。

しかし、ここで窪田の深謀遠慮が功を奏した。大戦中、大戦景気で重化学工業が発展していくにつれ、都市への人口集中が進んだ。衛生環境の整備、疫病の予防等の観点から水道の整備が緊急の課題となった。大正七年、政府は水道事業の国庫補助金の交付対象を拡大した。その結果、日露戦争後の不況でまったく工事の途絶えていた水道敷設事業が息を吹き返した。大戦後の恐慌にもかかわらず、窪田鉄工所へ本業の鉄管の受注が殺到した。

五

向洋に帰った重郎だったが、またもや試練が待ち受けていた。

工場建設の為の出資者が集まらないのだ。当初は住民一軒ずつが出資者になる意気込みだったが、いざとなるとなかなか出資に応じる住民はいなかった。沢村は出資者集めに奔走した。大阪に人脈を持つ重郎も大阪の知人達に頼み込むため向洋と大阪を往復した。

しばらくすると、重郎の後を追って帝国兵器製造を辞めた職工達が向洋へやってきた。職工達に混じって支配人だった佐々木や池田もいた。佐々木はともかく池田までその中にいたのにはびっくりした。

「友愛会はどうしたんや」

「あれはやめましてん。最近はあそこにも無政府主義者が入ってきましてな。会の中にも同調する人間もいて、すっかり雰囲気が変わってしまいました。中には資本家は殺さなあかん、とまで言う奴までいる。僕はもうちょっとついていけません。ここらで少し距離を置こうと思っています」

重郎は、意味はよく分からなかったが、団体交渉の席では過激ではあっても、ふだんの生活では常識や礼儀をわきまえた池田である。何となく納得出来る気がした。

「これからは松井さんの為に働かせて下さい。これからの僕の一生を松井さんに託します。勝手に押しかけてきて申し訳ないんですがよろしくお願いします」

池田は重郎に深々と頭を下げた。重郎に異論はなかった。予期せぬ客であったが大阪に追い返す訳にはいかない。重郎には自分と池田とはどこかでつながっている気がする。どちらも一本気なので、これから衝突や喧嘩を繰返すかもしれないが、何とかうまくやっていけそうな気がした。

この職工達の初仕事は、工場ではなく株式募集だった。職工達は株式募集に呉線沿いの市町村を歩いた。佐々木や池田は彼らの先頭に立った。

しかし、それでも株主はなかなか現れなかった。やはり宮原の指摘した通りで、広島で出資者を募るのは至難の技であった。

それでも何とか、会社設立に必要な百五十万円の四分の一の出資を集めることができた。契約通り土地を買い、大正六年に松井製作所を設立した。資本不足であるため、大きな設備を設置することができない。とりあえず仕事であれば何でも引き受けることにした。

大正七年になって重郎に思いがけない話が舞い込んだ。室蘭にある日本を代表する鉄鋼メーカーである帝国製鋼所が、移転先を物色していて、その候補地に向洋に白羽の矢を立ててきたのだ。当時帝国製鋼所は、八八艦隊の艦船を製造していたが、海に面した室蘭では防衛の面で問題があった。向洋は海の傍ではあるが、工場敷地となっている場所は小高い丘に抱かれて海とは隔っていた。したがってこの地は軍事産業には好適の地だった。日本を代表する企業が目を付けてくるぐらいだから、帝国兵器製造の役員達の反対を押し切ってこの土地を買った重郎の目に狂いはなかったのである。

しかし、ここではすでに松井製作所が操業している。土地を売ると松井製作所は移転しなければならない。結局話は、帝国製鋼所と松井製作所の提携で新会社を作るということになった。芸備製作所という社名の新会社が発足した。重郎は常務に就任した。帝国製鋼所が出資し、仕事も帝国製鋼所の仕事をする。これで向洋に帰ってからの資金と仕事の問題が一挙に解決された。

しかし、重郎はまもなくこの芸備製作所を辞任した。帝国製鋼所は三井系の大企業で、すべてが官僚的であった。机に座った事務の仕事など重郎の肌に合わなかった。帝国製鋼所側の役員達も、職人で町工場の工場主の性分の抜けない重郎を扱いかねていた。いつの間にか、重郎なしでも事が運ぶような組織が出来上がっていた。重郎は、自分が必要とされていないのを感じた。

重郎が身を退くのはこれで三度目だった。ここでも『自信・人信・天信』を貫いて退任した。この頃になると退任することが余り気にならなくなった。身を退くことこそが自分の人生であるとも思えた。

土地は買った値段の倍額で帝国製鋼所が買ってくれた。それほど帝国製作所はこの土地が気に入っていた。ほどなく、芸備製作所は帝国製鋼所に買収された。

芸備製作所を退職した重郎に、待ってましたとばかりに広島財界のあちこちから声がかかった。重郎は、乞われるままにいくつかの会社に出資し、非常勤の役員に就任した。住居も広島市の上流川に移した。

大正九年、広島の地にも恐慌が襲った。銀行が取り付け騒ぎにあい、多くの企業が倒産した。重郎の出資した会社も倒産したり、株価が下落したりした。重郎も少なからず損害を被った。

『やっぱり自分で仕事もせんと銭もうけしよう思うたんが間違いやったんや』

重郎は反省した。それで株式も処分し、役員も任期が終わり次第順次退任した。只一つ広島コルク工業というコルク製造の会社だけは役員に留まった。この会社では重郎の技術力を買われての就任で、すでにもう工場に出勤を始めていたのだ。行きがかり上もやめられなかった。すぐに専務から社長に就任させられた。初めての社長就任だった。社長になってみると自分に与えられた権限の大きいのを知った。会社は自分の意のままになる。その分だけ責任も大きいが、窪田の言ったように自分を自分のままで通しても許してもらえそうだった。

『わしはやっぱり工場で生きる人間や。社長にもなったことやし、これからは一人一業に徹してやっていこう』

それからは、広島コルク工業の経営に専念することにした。

六

隻脚となった常次はその後も回生病院に入院し続けていた。一年半にも及ぶ入院生活を終えて、やっと退院できたのは大正七年の夏のことだった。暑い日盛りの中、慣れぬ松葉杖にすがって家に帰ってみると、家の中はがらんとしていた。

重郎は向洋に帰っていたし、母や妹達も後を追って向洋に帰っていた。

「売れるまで、住んでるのや」

常弥が一人、がらんとした屋敷に住んでいた。

「身体が回復するまでおとんのところに帰った方が良いんとちゃうか」

常弥にもそう言われ、常次はとりあえず向洋に帰ることにした。そこでなら女連中もいて日常生活も何とかなりそうだった。

向洋では重郎が悪戦苦闘していた。苦労して設立した芸備製作所の役員も退職していた。自分の信を貫いて、あえて困難な道を選んで辛苦している父を横目に見ながら、常次はひたすら療養に努めた。

一年経つと、すっかり元気を取り戻した。常次はふたたび大阪に出てきた。大阪に帰ると、すでに株屋をやめていた弟の常弥と松井商会を起こした。起こしたといっても自力では無く重郎が出資してくれたのだ。息子二人が大阪でぶらぶらしているのは親としては見ておれなかったのだろう。重郎は出資したが、それは遣わせないで、出資金を担保に銀行から金を借り、それで店を経営させた。月々銀行に元利を払わなくてはならない。商売の厳しさを覚えてもらおうという親心だった。仕事は主に芸備製作所の製品を販売した。

翌年大正九年、恐慌の嵐が吹き荒れた。次々と会社が倒産していく。重郎の起こした帝国兵器製造も整理の憂き目にあっている。自分を可愛がってくれた大西も、その責任を取って社長の座を降りた。その後大西は自殺をしている。大西の自殺からしばらくして宮原の心臓病による死亡が新聞の片隅に小さく載った。それらの新聞記事を読みながら、常次は事業経営の厳しさ、難しさを痛感した。

そのうち、肝心の自分達の松井商会の経営がおかしくなった。芸備製作所は閉鎖されたので、そこの製品は扱えなくなっていた。二流どころ、三流どころの製品を扱うようになった。当然、販売先も二流どころ、三流どころになった。そのうちの一つの販売先が倒産し代金が焦げ付いた。重郎から借りようと思ったが、すでに出資してもらっているのでそれはもう言えなかった。借入金と担保にしている出資金を相殺した。結局松井商会は閉鎖することになった。

その後、工業学校の時の友人のつてで電気医療器の会社に勤めたり、そこの山野という技師長と一緒に電気医療器を製造する会社を起こしたりした。

その間、回生病院の看護婦だった美代子と結婚した。

この結婚に重郎や継母のりんが激怒した。親に何の話も無いというのである。重郎だって、何度もの結婚にいちいち母親のゆきの諒解を得ていたわけでもない。しかし、重郎は職工や何の当ても無い町工場をやっていた頃の自分と今の常次は違うと言い張った。松井家は、広島ではいっぱしの家柄の家だった。だから一家の者は家族の賛成する結婚をすべきだという。

父の反対は常次には意外だった。しかし、深く考えず、そのまま突っ走った。足のこともあり、常次は自分が結婚できるとは思っていなかった。したがって結婚できるというそのことだけに夢中になった。

結婚式には重郎やりんは欠席した、美代子の一家や親戚、重郎の方は常弥と友人だけの式だった。常次は自分と結婚してくれた美代子には感謝した。ささやかながら心温まる結婚式の最中も、常次はこの結婚は大事にしようと心に決めた。どんなことがあっても美代子だけは守ろうと思った。

二人の新居は大阪市郊外の守口の小さな借家に構えた。まもなく長男の耕一が生まれた。

七

常次は、会社から守口の自宅に帰ろうと、家路を急いでいた。

「おおい、常次、常次」

大阪駅前のロータリーに停めた車の窓から常次を呼んでいるのは窪田だった。夕日さす人や荷馬車や人力車のひしめく雑踏で、窪田の乗ったシボレーはひときわ人目を引いた。

「随分久しぶりやないか。どや、元気でやっとるか」

常次は重郎が窪田に私叔していたのは知っていた。いつも重郎は事業家としての窪田を賞賛していた。その昔常次も何度か重郎の用事で会社に行ったりして窪田とは面識があった。

運転手がドアを開けて、常次を後部座席に招き入れてくれた。

「足の方は大丈夫か。一見して片足無いとはわからへんな」

窪田は常次を車内に招き入れながら笑った。この頃では、常次は松葉杖を離れ、義足を使用していた。それでも、普通人に比べると円滑な歩き方は出来ない。窪田特有の遠慮のない物言いではあったが、常次の足を思いやった口調だった。

常次は、重郎が広島に帰った後のこれまで自分の来し方を話した。足の手術のこと、美代子と結婚したこと、自分の事業のこと等々。

「重ちゃんも広島で苦労してるみたいやしな」

窪田は少し曇った表情を見せた。重郎に請われるまま、窪田は芸備製作所にも広島コルク工業にも出資していた。したがって決算書は見ているはずなので重郎の現状も良く分かっていた。

「でも、重ちゃんなら大丈夫や。きっと軌道に乗せるやろ。今はどの会社も大変な時やからなあ」

「そやけど、おとんは不器用やからな。会社を軌道には乗せてもまた自分から身を退くんやないやろか」

「そう不器用、不器用そのものや」

窪田は笑った。

「常次、そうは言うけどな、大成するのはそういう人間なんやで。僕が重ちゃんを好きなんはそこのところや。小器用に生きてる人間は結局それだけの人生や。大西なんかみてみい。哀れな末路やないか」

窪田は自殺した大西を例に挙げた。

「そやけど、息子から見たらなんでそこまで自分を追い詰めるんやろ。しんどい人生や思いますわ」

「自分から身を退いたら重ちゃんの純情は守れるかもしれんけどな。商売人としては困ったことや。ほんましんどいもんやで。重ちゃんの生き方見てるとつくづくそう思うわ。」

二人は車の中でしばらく沈黙していた。

常次は、沈黙を破るため話題を変えた。

「帝国兵器製造はどうなりますか。再建できますか」

常次は、新聞で窪田が帝国兵器製造の再建委員会の委員長に選ばれたことを読んでいた。

「なかなかな、難しいがな。そやけどこれも正道を踏んで処理していたら時間が解決するわ。神さんはちゃんと見てはる。物事はちゃんとなるようになるもんや。

僕はそう信じている」

「窪田さんの会社だけは、すごく景気良いですもんね」

「まあな、御蔭さまで鉄管が売れてるからな」

「自動車まで製造しはってからに」

窪田は、大正八年、実用自動車製造という会社を設立していた。実用自動車のゴルハム式三輪自動車は街でも時々見かけていた。

「これがなかなか軌道に乗らへんで困ってるんや」

大阪駅前の人込みに何時までも車を止めているわけにはいかなかった。それでなくても通行人が物珍しそうに覗き込んで行く。さっきから運転手が運転席から何度も後部座席を振り返っている。

「今度、一回車をこさえる工場の見学に来いや」

別れ際、窪田は、不自由な足で歩き始めた常次の背に声をかけた。

八

窪田からの誘われるまま、さっそく常次は恩加島にある実用自動車製造の工場を見学に行った。

自動車と言えば、かつて重郎が窪田から手に入れて、夢中になって部品を分解したり組み立てたりしていたことを思い出す。常次が事故を起こしてそれらは屑鉄にされてしまったが。常次は自動車にはとても興味があった。常次は自動車を乗り回してみたかった。自動車が風を切って走るあの爽快感が忘れられない。自動車を機械としてしかみない父が、車の本当の楽しみ方を知らない人間に思えた。

恩加島は工業地帯を目的に埋め立てられた造成地である。自動車製造工場の敷地もとてつもなく広かった。工場では、ベルトコンベヤーに部品を乗せて、次々に組み立てていく製造方式で自動車を製造していた。

「この間までいたゴルハムというアメリカ人の技術者の構想や」

工場を案内しながら窪田が説明した。何でもアメリカの自動車製造工場ではすべてこのやり方で製造されているという。重郎の帝国兵器製造でも窪田の窪田鉄工所でも一部分この方式を取り入れていたが、工場全体を整然とコンベヤーが動いていくのを見るのははじめてだった。

「ゴルハムがやめたのを期に、三輪自動車の製造は中止したんや。今度はリラー号という小型四輪車をこさえているんや」

工場の構内で、リラー号にも乗せてもらった。窪田が運転した。

窪田の説明を聞きながら、常次は次第に興奮していった。自動車の限りない将来性を感じたのだ。やがて日本の道路には自動車が溢れてくる。ここで製造している日本の狭い国土や道路に応じた小型自動車なら絶対そうなるに違いない。そう考えると楽しくなってくる。ちまちまと電気医療器なんかを製造している場合ではないと思った。

「どや、うちの会社に入社せえへんか」

言葉少なになっている常次の顔を覗き込みながら窪田がすすめた。

「ええんですか」

「そりゃええわ。技師長に後藤というのがおる。今日は船出町の本社に行っているんで会わせられんけど、後日また会わせるわ。その後藤を手伝ってやってくれ」

「お願いします」

常次は一筋も迷うこと無く答えた。

「重ちゃんの息子やもんな。技術者の血筋は争えん。思う存分働いてくれや」

窪田が、笑いながら、常次の心を見透かしたようなことを言った。

九

三日後、常次は後藤技師長に会った。後藤の補佐という待遇で翌日から実用自動車製造の工場で働き始めた。

仕事は面白かった。一日中後藤のあとをくっついて歩いた。真綿に油が浸み込むようにたちまちのうちに仕事を覚えた。自分の中に眠っていたものが、むっくり起き出すのを感じた。

反面、工場の経営の大変なことも分かった。ゴルハム構想のベルトコンベヤーは立派だが、その上を部品はわずかしか流れていない。

大正十三年、横浜にフォードの組立工場が運転を始めた。新聞では「怪物工場」などと報道されている。窪田と後藤、それに常次の三人がさっそく横浜まで出かけて工場視察をしてきた。

実用自動車の工場とは、ベルトコンベヤーの大きさからして比較にならない。その上をひっきりなしに部品が流れて、次々に自動車が組み立てられていく。びっくりすることばかりであった。

横浜から帰ると、後藤と常次は報告書を書いて、窪田に提出した。技術的な指摘に終始した後藤の報告書に対して、常次の報告書は徹頭徹尾経営に関するものだった。

『わが社の工場のコンベヤーを流れる部品は三十分に一個、それに対してフォードのコンベヤーは休みなく部品が流れている。その差は何か、それはフォードの車が良く売れているからだ。車が売れれば、コンベヤーの速度を早くしなければ生産が間に合わない。

では何故、フォードが売れてリラー号は売れないのか、それはフォードが品質が良く安いからだ。とても日本車は太刀打ちできない。

しかし、勝機は無いわけではない。志村というフォードの日本人の支配人が言っていたが、フォードでは部品を全部巨額の運賃をかけてアメリカから運んでくるそうだ。日本で調達しようにも、日本の機械工業の水準では、フォードから合格を貰える部品が納入できないからだ。が実は突破口はそこにある。日本で日本車に合った部品が調達できるようになることだ。その部品を組み立てて自動車を製造するようになれば、価格や品質面で必ずフォードに勝てる。

これには時間がかかる。日本の機械工業水準をかさ上げをしないといけないからだ。それには、一企業だけでは対応できない。業界だけでも無理だ。ここは政府に頑張ってもらわないといけない。日本の機械工業が育つまで、フォードやゼネラルの車に高率の関税をかけたり、部品の輸入制限をする必要がある。

昨年の大震災で、がれきの山の東京で、車が大活躍をした。日本も車が主役になる時代が来る。それまでは国を挙げてこの産業を育てる必要がある』

論旨はいささか乱暴で稚拙ではあったが、そこには常次の若者らしい熱い思いと活力があった。

その日から、何日か、常次は窪田から観察されている視線を感じていた。ひょっとして報告書の内容が気に入らなかったのかもしれない。

『偉そうに言いすぎかもしれんな』

常次は少し反省した。

とうとう窪田から呼び出された。常次がおっかなびっくりで社長室に入ると、窪田は思いがけないことを言った。

「常次、お前は広島へ帰っておとんの仕事を手伝え」

「重ちゃんが広島で苦労している。お前がおとんの傍で助けてやれ」

「重ちゃんのことや。事業はきっと軌道に乗せるやろ。そやけど、お前が言うように、重ちゃん、また自分から身を退くのは間違いないわ。今は社長やから昔のようなことあらへんやろうけど、こればっかりは分からへんからな」

「お前も僕や重ちゃんと同じように真は技術者や。そやけど報告書を読ませて貰うたかぎりお前には経営の才もありそうや。そやから僕もこんなこと言うんや」

窪田は諄々と常次が重郎のもとに帰らなければならない理由を挙げた。

「そやけど、僕は車が好きなんです。出来たらこのまま働かして貰えたらと思います」

「そりゃ、お前が僕のところで働いてくれたら嬉しい。そやけど言い方は悪いけどお前の替わりは何ぼでもおる。お前の報告書を参考に経営の改善を図るにしても、それは何もお前でなくてもええ。そやけど、重ちゃんの傍におれるのはお前だけや」

常次は今まで一度も広島に帰ることなど考えたことなど無かった。この生まれ育った大阪で活路を見出したかった。重郎だって若い頃はそうしたではないか。美代子と耕一との生活もあった。

「いきなりやから戸惑ったやろ。よう考えてみい。取りあえずお前は明日から工場へは出て来んでええ」

ということで、常次は実用自動車製造をクビになった。しかし、日々の生活がある。山野技師長に頭を下げてまた一緒にもとの事業をやらせて貰うことにした。

窪田からは連日のように電話がかかった。

「あほかお前は。僕がこれほど言ってるのが分からへんのか」

決断がつかず生返事を続ける常次に、窪田が電話口で怒声を上げることもあった。

恐慌の真只中、常次が復活しても電気医療器の事業はなかなか軌道に乗らなかった。何とか糊口をしのげても、生活は苦しかった。

『何とかせんとあかんな』

美代子の乳房を含んでいる耕一を見ながら思った。常次は二十八歳になっている。もう若いとは言えない年齢だった。人生も一通り生きてきて、そろそろ遍歴をやめて仕事に打ち込む時期だった。そんなことを考え悶々として眠れない日々が続いた。

窪田からの電話は相変わらずかかり続けている。

『やっぱり、窪田さんの言うとおりするんが一番や』

何日か後、常次は、そうした結論に至った。そうした結論に至って見ると、これまでそう考えなかったのが不思議に思えた。

十

重郎は広島で経験のないコルク製造の仕事で四苦八苦していた。前年には関東大震災が発生した。広島コルク工業は東京方面に多くの得意先を持っていた。それらの売掛金の回収が遅滞している。資金繰りが苦しいらしい。広島の巷では、広島コルク工業の倒産が囁かれていた。そんな噂が大阪の常次の耳にも聞こえてくる。

重郎は鉄のような強固な意志でこの困難を切り抜けるだろう。しかし、息子の常次には重郎の次の行動も手に取るように分かるのである。

『おとんはまた投げ出すで。自信・人信・天信とやらのけったいな呪文みたいなことを唱えてな』

常次に言わせれば、人は様々だった。お人好しもいれば腹黒いのもいる。短気なのもいれば呑気なのもいる。だからそれぞれに合わせて付き合っていかなければならない。要領が良いのではない。社会人としての初歩的な常識だった。重郎のように自分と価値観が違うからといって衝突ばかりしていたのでは、世間を狭くするばかりであった。自分の潔癖さなど他人にはどう見えているかしれたものではない。それがよそ目には傲慢に写ることさえある。世間を狭くするだけではなく、時には誤解され次々と敵を作っていく結果にもなりかねない。仕事にはあれほど厳しい重郎が、人間関係となると少年のようにあちこちぶつかっているのがおかしかった。

『窪田さんの言う通りや。おとんには誰か傍についといてやらんといかん。おとんの自尊心を傷つけんで、おとんも気付かんうちに方向転換してやる。そんな人間が必要や』

そこまで考えると、それができるのは息子の自分しかいないと思った。こんな気持になったのははじめてだった。これまで重郎には反抗ばかりしていた。その一つ一つを思い出すと胸が掻き毟られる。このままでは悔やんでも悔やみきれない思いがした。一日も早く広島に帰り重郎の傍にいてやりたかった。

十一

そう決意すると、さっそく窪田に電話を入れた。

「そうか、そうか。それは良い、それは良い。これで重ちゃんは万全や」

窪田は電話の向こうで大喜びだった。

「広島に帰ったら重ちゃんに言うといてや。また増資する時はな、出来る限り引き受ける積りやからってな」

常次は重郎に長い手紙を出した。

直ぐに重郎が大阪へ飛んできた。重郎は広島に帰ってからも、大阪へは仕事で何度も来ていた。しかし、常次の新所帯に来るのはこの時が初めてだった。結婚の経緯から、このところ親子の関係は少し疎遠になっていた。

「自分もそろそろ根性を入れ直さなあかんと思うとります。広島で再出発したいんです。おとんの仕事を手伝いたいんです。よろしうお願いします」

久しぶりに会う重郎はすっかり老け込んでいた。広島での労苦が顔に表れている。

常次は飛びついて抱きしめたい気持を抑えて畳に額を付けた。

「これまで親不孝ばかりして申し訳ありませんでした」

常次は涙を流しながらこれまでの非を詫びた。

これまで重郎は常次を不肖の息子と思っていた。足の悪いのは気の毒だが、何を考えているのかよくわからなかった。その息子が自分の前で土下座をしている。子供の可愛くない親はいない。重郎の目にもみるみるうちに涙があふれてきた。

美代子が耕一を抱いて部屋に現れた。

「お父様、私からもお願いします」

嫁の美代子も頭を下げた。ただならぬ部屋の気配を察して、耕一が美代子の膝で泣き始めた。火のついたような泣き方だった。何を思ったか、美代子が重郎に耕一を手渡した。

重郎は耕一を抱いた。

「おう、よし、よし」

耕一はそう重郎に声をかけられてぴたりと泣きやんだ。たちまち重郎は腕の中の孫に相好を崩した。これまで重郎は、仕事が忙しいせいもあったが、子供の面倒はほとんど見ていなかった。しかし、孫となると別である。文句なしに可愛い。この瞬間を境に、親子間のこだわりがあっという間に氷解していった。親子は孫をはさんで過去をすべて水に流した。

重郎はそのまま広島に帰った。後を追って常次も広島に帰ることになった。

十二

大阪駅では、友人達が常次一家を見送りに集まった。前年の震災で汽車が時間通りに動かない。常次の乗る汽車もいつ動くかも分からなかった。

「兄やんも広島か。僕一人が大阪や。淋しゅうなるなあ。僕も身辺整理が済んだら広島に帰ろうかなあ」

プラットホームで列車を待ちながら常弥がしきりに言っている。所帯を持って以来、常弥とはあまり会っていない。松井商会が閉鎖してから、常弥はまた株屋に勤め始めていた。恐慌の中、株価は低迷している。株屋も以前のような好景気ではなかった。一人で住んでいた屋敷もようやく売れて、常弥も次に住む家を探さなければならない。

「篠とはどうなっているんや」

常弥と篠さくらとの関係はまだ続いていた。

「あかん。僕はどうも振られそうやわ」

常弥はしょげて言う。その頃の篠は、宝塚きっての人気女優にのし上がっていた。大正七年には、雲井浪子とダブルキャストで『クレオパトラ』という舞台で主演をつとめていた。最近では静岡の旧家の跡取息子との縁談話が持ち上がっていた。

「あいつもよう頑張ってるで。それに比べて僕の人生は情けないもんやわ」

「結婚話なんかしたんか」

「断られそうでしてへん。したら最後になるみたいで怖いんや」

日の出の勢いの女優と気弱な二代目のぼんぼん。今の常弥ははがゆいほどしょぼくれている。重郎や常次に似て常弥もお洒落であった。いつも神戸で仕立てた洋服を着ている。しかし、若い時ならともかく、もうそろそろそんな外見だけでは通用しなくなっている。仕事で実績を残し、家族を扶養していく義務がある。常弥もそういう年齢に差し掛かっている。もちろん、常次自身もそうである。所帯を持っている自分こそ、常弥以上に踏ん張らなければならないのだ。

「篠には結婚を申し込んでみいや。断られたら断られた時のことや。篠だけが女と違うで。とにかくしっかりせな駄目や」

常次は兄らしく常弥を励ました。

「振られたら広島へ帰ってこい。広島で再出発すりゃええ。僕もお前も再出発や」

十三

見渡す限りの大地が広がる。はるかかなたの山脈の頂には雪がかかっている。その上には抜けるような青空が広がっている。ここはどこなのだろう。のびやかな風景から日本で無いことだけは確かだった。

その大地に、一本の舗装された道路が地の果てまで続いている。その道路を、常次は自動車を運転している。傍には耕一を抱いた美代子が座っている。後部座席には、見たことはあるが誰とは分からない老人が二人座っている。対向から反対車線の車が猛スピードで走ってくる。常次の車を追い抜く車も猛スピードだ。

「この道路はな。自動車専用なんや。そやから自動車しか走ってへんやろ」

後ろの老人が能書きを並べる。その声は窪田だった。

「こう車が増えちゃ、そうでもせんと人と車の収拾がつかんのや」

常次が返事をしようと振り返ると後部座席の窪田の姿は消えていた。

「常次、このまま行くとロスアンジェルスというところへ行くんやで。ほら今通り過ぎた標識にそう書いてあったわ」

今度の声は、重郎だった。

「ほなら、竹助叔父のおる街やんか。竹助叔父からその街に引っ越したという手紙が来よったやないか。なんでもアメリカ本土で本格的に雑貨店を増やしたいそうや。それにしてもおとんが英語読めるとは思わへんかったわ」

常次がそう言うと、後部座席の重郎がうれしそうに笑った。

「僕はな。昔から日本人より外人の方が相性がええんや。長崎のブラウンやろ、樺太のアレクセイやろ。工場にはぎょうさんロシア人がおったしな。そやから、ハワイに渡った竹助兄いがうらやましかったわ」

「おとん、ほんま良かったなあ。会いたい、会いたい、言うてた竹助叔父に会えるんやから」

常次が後部座席に声をかけると今度は重郎の姿も消えていた。

どこからか、騒がしい音が聞こえる。何なのだろう。車の外なのだろうか、それとも中なのだろうか。それがよく分からない。その音はどんどん大きくなった。

十四

常次は夢から覚めた。汽車の発車を待ちながら、いつの間にか常次はベンチで眠っていた。耳元で耕一が泣いている。あの夢の騒がしい音は耕一の泣き声だったのだ。

どうしてあんな夢を見たのだろう。後部座席から二人の老人が消える悲しい夢だった。しかし、真から悲しくないのはなぜだろう。あの広い大地や空の青さのせいだろうか。自動車専用道路を車を飛ばす疾走感のせいだろうか。

『いつかはまた車を作る仕事に戻ってみたい』

窪田に無理矢理断念させられたが、常次の中ではまだ車への思いは消えていなかった。短かった実用自動車製造での楽しかった日々を思い出す。

今はアメリカも恐慌で大変らしい。アメリカだけでなく世界中が恐慌に打ちのめされている。この騒動がいつか収まったら、本場アメリカのフォードの工場も見てみたいものだと思う。出来ればアメリカで車を製造してみたいものだと思う。世界最先端のアメリカの機械工業の技術を駆使しながら、安価で良質な夢の車を世に出してみたいものだと思う。

しかし、そんな日が何時か訪れるのだろうか。

『取りあえず今は広島に帰りおとんを手助けすることに専念せんといけん』

常次は寝ぼけまなこをこすりながら思った。

耕一がなかなか泣きやまない。美代子があやしながらプラットホームを歩いた。それでも泣きやまない。赤ん坊ながら一家の引越しに不安を感じているのだろうか。

常次はベンチに座って、美代子から耕一を受け取った。義足の常次は座ったままでしか耕一を抱けなかった。

常次が居眠りをしていた間に、遅れていた列車がようやく動くことになった。常次達一家は列車に乗り込んだ。プラットホームに、歌声が起こった。友人達が一列に並び、肩を組んで市立工業の校歌をうたいはじめた。歌が終わると、万歳を叫び始めた。

その時、列車がごとりと動いた。万歳の声を残したまま、列車は少しずつ速度を上げてプラットホームを離れていった。

あとがき

シャープペンシルの発明者で、現在では家電メーカー、シャープの創業者で知られる早川徳次は、いつも人に騙されてばかりいたそうである。例えば、行き倒れの青年を家にあげて面倒を見たところ、その青年に金を持ち逃げされたりとか。嘘のような話であるが、本当の話である。

その度に、早川徳次は、「自分は他人を疑ったりすることはできない。相手は裏切ったかもしれないが、自分はどこまでも誠実だった」、と言うだけだった。

私はこの挿話を何度聞いても感動する。

この著書の主人公松井重郎も、技術者としての純粋さを持つ一方、人間関係には不器用な人物であった。人に貶められたり裏切られたりの連続だった。人間関係が紛糾すると、松井重郎はそのたびにその場から身を退いた。

世間的に言えば、彼等はお人好しとして、どちらかと言えば否定的に扱われる人間である。多くの人間は、裁判で法に訴えたり、「目には目を」で相手に報復したりするであろう。

また、その人間が置かれている立場によっても異なる。技術者であるなら職人気質で済まされる問題も、これが会社の経営者となるとことはそう簡単ではないかもしれない。

私には、どのような対処が良いのかわからない。ただ、どの方法を取るかはその人の人間性であり、その後の人生を決めることもある。

この著書の主人公松井重郎は、一直線の人間である。職工から身を起こし、あらゆる困難をものともせず、自分の信ずる道を突き進んだ人間である。その人間の原形とも言える生き方から、少々元気を失った現代の人々が何らかのものを感じていただけるなら、私の望外の喜びとするところである。

この主人公は実在の人物である。とくに広島の方なら、誰が素材になっているか一読して直ぐにおわかりのはずである。しかし、この著書はフィクションである。したがって実在しない人物も登場している。実在する人物にしても、実際でない行動や言葉が混じっている。テーマをより明確にするためフィクションの形をとっている。その点はご理解を頂きたい。

最後に、この拙文の草稿を読んでいろいろな御教示を頂いた田辺良平氏をはじめとする諸氏、出版にご協力いただいた株式会社溪水社の木村逸司氏、それに出版という地方に住む無名の人間のドンキホーテ的行動に対して、笑いながらもいつも許してくれている私の妻に感謝の気持ちを述べたいと思う。

著　者

森　田　繁　昌（もりた　はんじょう）

広島大学大学院社会科学研究科修士課程修了。

広島市南区で税理士事務所開業。30年以上にわたり中小企業の財務・労務を中心とする指導業務を行う。

「企業家研究フォーラム」、「芸備地方史研究会」、「広島ペンクラブ」各会員。

著書：「ビジネスに活かす占いの知恵」（溪水社）

自信・人信・天信
――信を貫いた企業家の半生

平成22年７月１日　発行

著　者　森田　繁昌

発行所　㈱溪 水 社

広島市中区小町１－４（〒730-0041）
電話（082）246－7909
FAX（082）246－7876
E-mail：info@keisui.co.jp

印刷・製本　モリモト印刷株式会社

ISBN978-4-86327-102-9 C0093